Rejoins toi aussi la communauté des fans de Greg sur www.journaldundegonfle.fr

JOURNAL d'un ~~de~~gonflé

TOTALEMENT GIVRÉ !

DE JEFF KINNEY

TRADUIT DE L'ANGLAIS (ÉTATS-UNIS)
PAR NATALIE ZIMMERMANN

SEUIL

Couverture : Chad W. Beckerman et Jeff Kinney
Conception graphique : Jeff Kinney

Première publication en anglais en 2018 par Amulet Books,
une marque de Harry N. ABRAMS, Incorporated, New York.
Titre original : Diary of a Wimpy Kid : The Meltdown
(Tous droits réservés pour tous pays par Harry N. Abrams, Inc.)

Pour l'édition française, publiée avec l'autorisation de Harry N. Abrams, Inc.
© Éditions du Seuil, 2018. ISBN : 979-10-235-0855-0

Mise en pages : Philippe Duhem
Dépôt légal : novembre 2018

Achevé d'imprimer en France par CPI Firmin-Didot. N°134833-1 (148452)

Loi n°49-956 du 16 juillet 1949 sur les publications destinées à la jeunesse.

POUR DEB

JANVIER

Lundi

Aujourd'hui, tout le monde est dehors pour profiter du soleil et de la douceur ambiante. Enfin, tout le monde sauf MOI. Ça me paraît difficile d'apprécier une vague de chaleur en plein milieu de l'hiver.

Les gens répètent que la météo est folle, mais ça ne ME plaît pas du tout. Je suis peut-être un peu vieux jeu, mais je trouve qu'il devrait faire froid en hiver, et chaud en ÉTÉ.

Il paraît que toute la PLANÈTE se réchauffe, et que c'est à cause des humains. Mais ce n'est pas de MA faute, vu que je viens de débarquer.

Si le thermomètre grimpe vraiment, j'espère juste que ça n'ira pas trop VITE. Parce que, à ce rythme, j'irai au lycée à dos de chameau.

On dit que la glace fond sur les pôles et que le niveau des mers monte. J'ai donc essayé de convaincre mes parents d'acheter une maison située plus en hauteur. Mais ils n'ont pas l'air de se sentir concernés.

Ça m'énerve d'être le seul à me préoccuper de ça dans ma famille. Si on ne se DÉPÊCHE pas d'agir, on ne va pas tarder à le REGRETTER.

Il n'y a pas que le niveau des mers qui m'inquiète. Ces calottes glacières se sont formées il y a des millions d'années, et il pourrait y avoir des trucs emprisonnés à l'intérieur qui feraient mieux d'y RESTER.

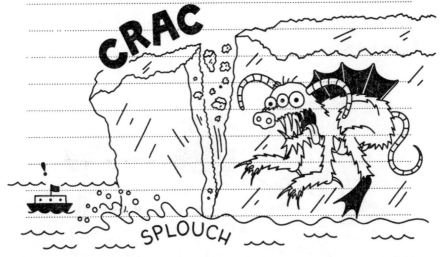

9

J'ai vu un film avec un homme des cavernes pris dans la glace, et quand elle fond, des milliers d'années plus tard, il est encore VIVANT. Je ne sais pas si c'est possible en vrai, mais s'il EXISTE des hommes des cavernes décongelés parmi nous, le gardien de nuit de mon collège pourrait bien être l'un d'eux.

Si on trouve un moyen de se sortir de ce pétrin climatique, ce sera sûrement grâce à quelqu'un de MA génération. C'est pour ça que je suis toujours sympa avec les INTELLOS de mon bahut, vu que c'est eux qui vont nous sauver la mise.

Quelle que soit la solution, c'est la technologie qui nous tirera d'affaire.

Les adultes prétendent toujours que trop de technologie est NÉFASTE pour les jeunes, mais moi, je pense que plus il y en a MIEUX c'est.

En fait, dès que je pourrai me payer ces toilettes high-tech qui enregistrent toutes vos habitudes, je prendrai le modèle le plus cher.

BONJOUR GREGORY, JE T'ATTENDAIS.

VRRR

LUNETTE CHAUFFANTE

Certains craignent qu'on ne finisse par perdre le contrôle de notre technologie et que les ROBOTS prennent le pouvoir.

Eh bien, si ça se produit, je vais faire en sorte d'être de LEUR côté.

Je me PRÉPARE déjà au jour où les machines régneront en faisant de la lèche à tous nos appareils.

Comme ça, quand la guerre des humains contre les robots éclatera, je pourrai me féliciter d'avoir préparé l'avenir.

Mon frère Rodrick assure que, plus tard, les humains auront des prothèses bioniques et qu'on sera tous des CYBORGS.

Bon, j'espère que je n'aurai pas trop longtemps à attendre, vu qu'en m'achetant une paire de jambes de robot, je pourrai gagner une demi-heure de sommeil supplémentaire chaque matin.

On ne sait pas vraiment ce que l'avenir nous réserve. Et il y a de quoi devenir MABOUL si on commence à s'en faire pour ça.

Même si on arrive à résoudre tous les problèmes qui se posent maintenant, il y en aura toujours de NOUVEAUX qui surgiront et qu'on devra RÉGLER.

D'après ce que j'ai lu, c'est ce qui s'est passé avec les DINOSAURES. Ils ont eu la belle vie pendant deux cents millions d'années, et puis une météorite a suffi à les éradiquer.

Le plus dingue, c'est que les cafards existaient déjà à l'époque et qu'ils ont SURVÉCU. Et ils seront sûrement encore là bien après nous. Perso, les cafards me dégoûtent. Mais ils ont dû comprendre UN TRUC qui nous échappe.

PAF

En parlant de SURVIE, en ce moment, j'essaye juste de tenir bon au collège. Et depuis quelques jours, ce n'est pas vraiment la joie.

Il a beau faire très doux dehors, le thermostat du collège se croit toujours en HIVER. La chaudière marche donc à fond toute la journée, et ça n'aide pas à se concentrer en cours.

Et c'est encore pire à la CAFÉTÉRIA, parce qu'il n'y a pas de fenêtre qu'on puisse ouvrir pour avoir de l'air.

Avec cette chaleur, j'ai le cerveau en compote et je n'arrête pas d'oublier mes devoirs. J'en ai zappé un GROS aujourd'hui : mon panneau de présentation pour l'exposition internationale.

En novembre dernier, on a tous dû choisir un pays sur lequel préparer un triptyque. J'ai choisi l'Italie parce que je suis un GRAND fan de pizzas.

Mais il se trouve que l'Italie était un sujet très demandé, et notre prof de géo a dû tirer au sort pour décider qui l'aurait. C'est tombé sur Dennis Tracton, ce qui est injuste vu qu'il est intolérant au lactose et ne peut même pas manger de fromage.

Alors la prof m'a assigné Malte, alors que je ne savais même pas que c'était un pays.

Bref, ça c'était il y a deux mois, et je n'ai plus du tout pensé à ma présentation jusqu'à HIER. D'ailleurs, je ne m'en suis souvenu qu'en arrivant au collège et en voyant tout le monde habillé bizarrement.

J'aurais sûrement dû comprendre que c'était l'exposition internationale quand mon pote Robert est passé me prendre le matin vêtu d'un costume délirant. Mais comme il fait TOUJOURS des trucs bizarres, je n'y ai pas prêté attention.

Avant les cours, j'ai jeté un coup d'œil sur le panneau de Robert pour voir ce que ça représentait comme travail, et c'est là que j'ai commencé à paniquer.

Sa présentation avait dû lui prendre un temps INFINI, et ses parents l'avaient visiblement aidé. Évidemment, Robert était déjà ALLÉ dans le pays en question, et je suis sûr que ça lui a FACILITÉ la tâche.

J'ai demandé à Robert d'être sympa et de changer de pays avec moi, mais cet égoïste n'a rien voulu entendre. Je devais donc me débrouiller tout seul, et il ne restait que quelques heures pour faire mon panneau à partir de RIEN. Je ne savais même pas OÙ trouver un triptyque aussi tard.

C'est alors que je me suis rappelé que j'avais un grand carton dans mon CASIER. J'avais commencé ma présentation le lendemain du jour où on a attribué les pays, histoire de m'avancer, pour une fois. Mais j'ai été assez déçu de voir que je n'étais pas allé bien LOIN.

Cette présentation représente 50 % de ma note finale de géographie, et je flippais vraiment. J'ai cherché de l'aide auprès des élèves de ma classe, mais tout ce que j'en ai tiré, c'est qu'il me faudrait des potes plus intelligents.

Je suis resté en classe pendant la récré pour travailler sur mon panneau. Comme je n'avais pas le temps d'aller faire des recherches au CDI, je m'en suis tenu aux SUPPOSITIONS. La seule chose dont j'étais à peu près sûr, c'est que Malte se situait près de la Russie, mais tout le RESTE était un peu flou.

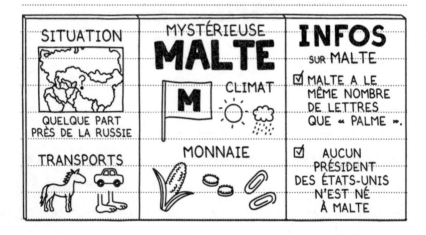

Une fois mon panneau terminé, je suis passé à AUTRE chose.

Pour l'exposition internationale, on était censés s'habiller en « costume traditionnel » du pays. Alors, en allant déjeuner, j'ai pris des fringues dans la caisse des objets trouvés devant le bureau de la directrice.

Heureusement, il y avait quelques trucs corrects dans le carton, et j'ai pu bricoler un costume plutôt convaincant.

Tout le monde était censé apporter aussi un PLAT traditionnel. Donc, au déjeuner, j'ai pris le plus de trucs possible et j'ai concocté un plat qui avait l'air de venir de l'étranger.

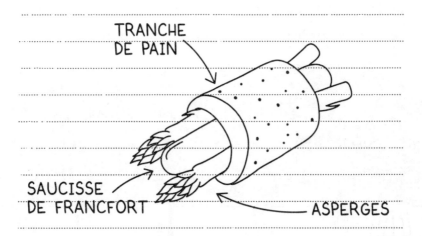

TRANCHE
DE PAIN

SAUCISSE
DE FRANCFORT

ASPERGES

La présentation de nos travaux avait lieu en dernière heure, et quand j'ai installé mon panneau dans la salle de gym, je me sentais plutôt confiant. Mais j'ai regretté qu'on ne m'ait pas attribué un pays où on s'habille plus légèrement, car la chaudière tournait toujours à fond.

La chaleur commençait à porter sur le système de CERTAINS élèves, et le ton n'a pas tardé à monter. Le Brésil et la Bulgarie en sont venus aux mains pour une histoire de partage de table, et une prof a dû les séparer.

Des élèves de primaire ont visité l'expo et posé des questions. Mais il m'a suffi de faire semblant de ne parler que maltais pour qu'ils passent leur chemin.

Ensuite, ça a été au tour des PARENTS. Les miens ne pouvaient pas venir : mon père était au bureau et ma mère à la fac. Manque de bol pour moi, les parents d'un type de ma classe sont originaires de Malte.

J'ai bien cru qu'ils allaient me dénoncer à la prof, et j'étais prêt à partir en courant. Mais il s'est passé un truc qui m'a sauvé la mise.

La bagarre qui avait éclaté entre le Brésil et la Bulgarie est repartie de plus belle et s'est étendue aux pays en « C » et en « D ». Puis la guerre a gagné tout le GYMNASE.

Heureusement, la sonnerie a retenti et l'établissement a été évacué avant qu'il y ait des blessés graves. Mais la situation ne me laisse pas beaucoup d'espoir pour la paix dans le monde.

<u>Mardi</u>

Enfin, je CROYAIS m'en être sorti, mais je me trompais. Ma prof de géo a envoyé un mot à mes parents disant que je devais REFAIRE tout mon panneau pour l'exposition.

Donc ma mère m'a privé de télé et de jeux vidéo tant que je n'aurai pas terminé. J'aurai certainement fini avant samedi, mais ça ne servira pas à grand-chose. Maman nous oblige, mes frères et moi, à passer des « week-ends sans écran ».

Elle pense que nous, les jeunes, on est accros à l'électronique et que c'est pour ça qu'on se comporte mal. Alors elle a décrété qu'on n'aurait plus droit aux appareils le samedi et le dimanche afin de trouver d'autres formes de divertissement.

Ce qui craint le plus, c'est que quand maman nous surprend à BIEN nous tenir pendant le week-end, elle en déduit que c'est parce que son idée est une réussite.

Alors ces derniers temps, Rodrick et moi, on a pris soin de faire N'IMPORTE QUOI le samedi et le dimanche pour que maman n'ait pas l'impression que sa stratégie du sans écran fonctionne. Et MANU s'y met aussi, pour copier ses grands frères.

Ma mère prétend que les jeunes d'aujourd'hui ne savent plus communiquer entre eux du fait que nous gardons les yeux rivés sur nos écrans. Alors elle nous fait travailler notre « savoir-vivre », à Rodrick et à moi.

Par exemple, elle essaye de m'obliger à la regarder dans les yeux quand je lui parle. J'y arrive pendant un PETIT moment, mais, au bout de quelques secondes, ça devient juste trop bizarre.

Sa dernière lubie a été que je m'entraîne à serrer la main de papa. Mais ça nous met mal à l'aise tous les DEUX.

Maman voudrait que je « mouvre » un peu et me fasse de nouveaux copains dans le coin. Mais je suis déjà ami avec ROBERT, et c'est déjà plus que ce que je peux gérer.

UN NUAGE DE LAIT DANS TON THÉ ?

Même s'il y a des tas de gamins qui habitent dans ma rue, je ne me vois devenir pote avec aucun d'entre eux. J'ai DÉJÀ l'impression de faire une exception pour Robert, et il est vraiment au-dessus du lot.

On habite vers le milieu de la rue Surrey, et la maison de Robert se trouve tout en haut. C'est souvent très pénible ne serait-ce que d'aller le VOIR, parce que Freddy vit entre les deux. Et, neuf fois sur dix, Freddy traîne devant chez lui.

En face de chez Freddy, il y a bien Jacob Hoff, mais il ne sort presque jamais parce que ses parents lui font travailler sa clarinette. Et les voisins de Jacob sont d'un côté Ernesto Gutierrez et de l'autre Gabriel Johns, qui sont dans ma classe.

Ernesto et Gabriel sont sympas, mais ils ont tous les DEUX mauvaise haleine, alors ils s'entendent très bien.

David Marsh, fan de karaté, habite à deux portes de chez moi. Il est super pote avec Joseph O'Rourke, qui fait tout ce qu'il peut pour se casser quelque chose.

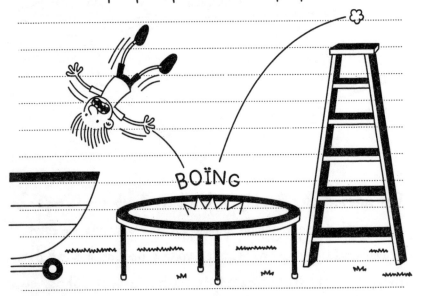

BOÏNG

Juste après Joseph, il y a Mitchell Pickett, qui fait un malheur en vendant des boules de neige toutes faites en hiver. Vous pouvez me croire, un jour, ce type sera MILLIONNAIRE.

L'autre voisin de Mitchell est un type qui a un an de moins que moi et qu'on surnomme le Dromadaire. Mais tout le monde se tient à l'écart parce qu'il a deux grands frères déjà en prison.

Pervis Gentry a une cabane dans un arbre de son jardin, et il passe ses étés à résoudre toutes les infractions du quartier. Mais la plupart du temps, le responsable est le Dromadaire.

Vers le bas de la rue, il y a une maison occupée par deux familles qui ne peuvent pas se SENTIR.

Je ne sais jamais trop combien il y a de gosses dans cette baraque, mais l'un d'eux s'appelle Gino : c'est tatoué sur son bras alors qu'il doit avoir sept ans.

Un peu plus loin, il y a aussi un type qui vit avec sa grand-mère. Il s'appelle Gibson.

Tout le monde le surnomme Bébé Gibson. Les années ont beau passer, on dirait qu'il ne VIEILLIT pas. Pour ce que j'en sais, Bébé Gibson pourrait avoir trente-deux ans et avoir LUI-MÊME des gosses.

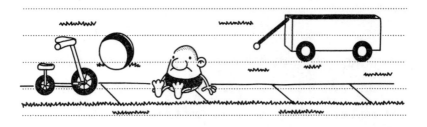

Mme Jimenez organise une garderie chez elle deux fois par semaine. Je ne sais pas quels sont les gosses de ses COPINES et quels sont les SIENS, mais le fait est que tous ces gamins sont déchaînés et que ça n'a pas l'air de déranger les mères.

Il y a aussi de grands ados qui habitent notre rue. Anthony Denard est en seconde, et il vient de commencer à se raser. Mais il ne maîtrise pas encore bien la technique et s'est supprimé accidentellement un sourcil.

Alors Anthony s'en est dessiné un au feutre indélébile marron, mais il s'est un peu planté, et maintenant, il a une moitié de visage qui a toujours l'air étonné.

Le meilleur ami d'Anthony est Sheldon Reyes, qui a essayé de gagner du fric cet hiver en déblayant les allées du voisinage dès qu'il s'est mis à neiger.

Mais Sheldon n'a pas encore son permis, et il a fait pas mal de dégâts dans le quartier jusqu'à ce que son père s'aperçoive qu'il lui empruntait son camion.

À quelques numéros de chez moi, on trouve les jumeaux Garza, Jeremy et James, qui ont inventé leur propre langage quand ils étaient tout petits. Et dès qu'ils sont ensemble, personne ne comprend ce qu'ils racontent.

Il y a aussi quelques FILLES qui vivent dans le coin, mais elles ne valent pas mieux que les MECS.

Les sœurs Marli habitent en face de chez Robert, et elles sont toutes les cinq nées à quelques années d'intervalle. Je ne sais pas ce qu'elles ont en tête, mais ces filles attaquent au hasard ceux qui s'aventurent à proximité de leur jardin.

Emilia Greenwall vit tout près de chez les sœurs Marli. Emilia est toujours habillée en princesse, et elle a dû regarder trop de dessins animés de Disney.

Latricia Hooks habite dans la petite baraque en face de la maison partagée. Elle est en première et mesure pas loin d'un mètre quatre-vingt-dix. Rodrick la fuit comme la peste parce qu'elle le harcelait quand il avait mon âge.

Curieusement, Victoria, la sœur de Latricia, est amoureuse d'Ernesto Gutierrez, et sa meilleure copine, Evelyne Trimble, s'habille comme un vampire.

En fait, je suis pratiquement certain qu'Evelyne se PREND pour un vampire, et c'est aussi pour ça que je suis soulagé de ne plus prendre le car.

Je n'ai pas cité la MOITIÉ des gamins qui vivent dans mon quartier, mais il faudrait une ÉTERNITÉ pour donner toute la liste.

Ma mère me demande toujours pourquoi je n'ai pas d'amis en BAS de la côte alors que je lui ai répété des milliers de fois que ça ne risquait pas d'ARRIVER.

La rue Surrey est divisée en deux parties. Il y a le HAUT de la rue Surrey, qui correspond à la côte, et le BAS, qui est tout plat.

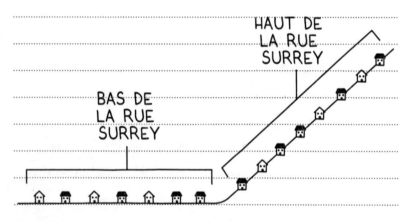

Et même si on vit tous dans la même rue, les jeunes de la côte et ceux d'en bas ne peuvent pas se PIFFRER.

Ce n'est pas la joie d'habiter en pleine côte. D'abord, c'est vraiment loin du collège et, en fin de journée, cette dernière portion n'est pas une petite affaire. SURTOUT quand il fait chaud, comme ces derniers temps.

Le pire, c'est que ça LIMITE les occupations. Même pas la peine d'essayer de jouer au ballon.

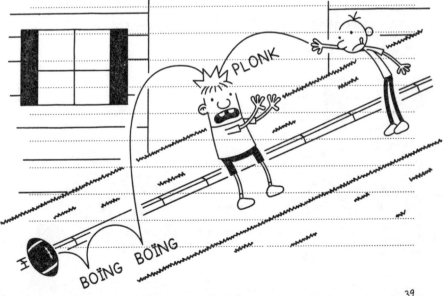

Mais pour ceux qui vivent en bas, c'est le jackpot. Leur tronçon de rue est PLAT, alors ils peuvent faire tout ce qu'ils veulent. C'est pour ça que tous les grands sportifs viennent du BAS de la rue Surrey.

Le problème, c'est que les jeunes qui habitent là pensent que la rue leur APPARTIENT. Et quand ceux de la côte descendent pour JOUER, les gamins d'en bas ne se laissent pas faire.

En fait, si j'ai mis quatre ans à apprendre à faire du vélo, c'est parce que je devais m'entraîner par petites séances de cinq secondes.

En revanche, quand il NEIGE, les rôles s'inversent. Tout à coup, les types d'en bas veulent se servir de notre pente pour faire de la LUGE, et alors on leur rend la monnaie de leur pièce.

La plupart du temps, on arrive à se débarrasser des types du bas de la rue. Mais ils sont SOURNOIS, et il leur arrive de nous doubler en douce.

L'hiver dernier, des mecs d'en bas ont acheté les mêmes ANORAKS que ceux d'en haut, et ils nous a fallu des SEMAINES pour nous en apercevoir.

Quand on habite la rue Surrey, on est soit de la CÔTE, soit PAS de la côte, et pas question de changer de camp.

Trevor Nix habitait dans la côte jusqu'à l'été dernier, quand sa famille a emménagé dans une plus grande maison en bas de la rue.

Mais les types d'en bas le considèrent toujours comme intrus et ne le laissent pas mettre un pied dans la rue. Et nous, ceux de la côte, on estime qu'il nous a trahis en déménageant et on l'empêche de faire de la luge en hiver. Trevor est donc coincé chez lui toute l'année.

Il y a toujours eu de l'eau dans le gaz entre les jeunes de la côte et ceux du bas de la rue Surrey, et c'est pour ça qu'on ne peut pas devenir potes. Mais quand j'essaye d'expliquer la situation à ma mère, elle ne comprend pas.

En fait, AUCUNE des mères de la rue ne comprend. Elles sont toutes copines entre elles et elles ne se DOUTENT pas le moins du monde de ce qui se PASSE.

En ce moment, c'est plutôt calme. Nous, on reste dans la CÔTE, et ceux d'en bas restent sur le PLAT. Mais si quelqu'un fait une bêtise, ça va EXPLOSER.

<u>Dimanche</u>

La température est tombée de dix degrés pendant le week-end, et aujourd'hui, on est partis chercher notre cochon.

Pendant les vacances de Noël, on est partis en famille et on a laissé le cochon en pension. Mais le cochon croyait visiblement qu'il allait venir AVEC nous, et il n'a pas été très content d'être abandonné.

Une fois les vacances finies, le cochon nous a bien fait comprendre ce qu'il pensait d'avoir été exclu de notre virée en famille.

Au bout de quelques jours, papa en a eu assez de sa mauvaise humeur, et il l'a envoyé en « stage de dressage ». Mais, le lendemain matin, la directrice de l'école nous a appelés pour dire que notre animal s'était ÉVADÉ.

Depuis, on pose des affichettes pour qu'on nous aide à retrouver notre cochon perdu. Mais cet animal est MALIN, et je ne crois pas qu'il soit PERDU. C'est juste qu'il ne veut pas qu'on le RETROUVE.

J'imagine que le cochon est en train d'HIBERNER quelque part. Maman prétend que les cochons ne font pas ce genre de chose mais je pense qu'ils DEVRAIENT.

Si j'étais un animal, c'est exactement ce que je ferais. Au dernier jour de l'automne, je pense que tout le monde devrait enfiler un pyjama et se mettre en veille jusqu'au printemps.

SALUT, ON SE VOIT EN MAI !

Quand j'étais plus jeune, j'ai ESSAYÉ d'hiberner, mais ça n'a pas marché.

J'étais toujours SUPER excité à l'approche de Noël et, dès qu'on arrivait en décembre, j'avais vraiment du mal à tenir jusqu'au jour J.

Du coup, une année, le 1er décembre, j'ai annoncé à mes parents que j'allais dormir et qu'ils ne devaient pas me réveiller avant le matin de Noël. J'ai été très surpris qu'ils ne protestent pas.

Je suis donc allé me coucher, mais je n'ai dormi que jusqu'à 13 h 30 le lendemain. Et ensuite, j'ai mis quinze jours à retrouver un rythme de sommeil normal.

- CLING -
- CLING -

Maman assure qu'il est IMPOSSIBLE pour un être humain d'hiberner, mais je ne suis pas convaincu à 100 % que ce soit VRAI.

Il existe tout un groupe de gamins sauvages qui vivent dans les bois, et tout le monde les appelle les Mingo. On ne voit jamais les Mingo en HIVER, et quand ils réapparaissent, au printemps, on dirait qu'ils viennent de se réveiller.

Bref, s'ils n'HIBERNENT pas, je ne vois vraiment pas ce qu'ils FABRIQUENT tout l'hiver.

Mais nous, les gens NORMAUX, on n'a qu'à serrer les dents et supporter le froid.

Et la seule façon de TENIR, c'est de sortir le moins
possible et de rester au chaud.

À notre retour de voyage, il y a déjà plusieurs
semaines, un paquet nous attendait devant la porte.
C'était un cadeau de Noël de tante Dorothée,
et, quand on l'a ouvert, on a découvert une
COUVERTURE géante.

Cette chose était INCROYABLE : super douce et
LOURDE à la fois, un rêve de couverture. Le seul
problème, c'est qu'il s'agissait d'un cadeau collectif pour
mes frères et moi et qu'on a aussitôt commencé à se
battre.

On voulait tous avoir la couverture en même temps, alors
ma mère a décrété qu'on la prendrait à TOUR DE
RÔLE.

Mais aucun de nous trois n'est très fort pour PARTAGER, et ma mère a dû établir un emploi du temps de couverture pour déterminer qui la prendrait, et quand.

Emploi du temps de couverture

18 h	19 h 30	21 h
Manu	Manu	Manu
18 h 30	20 h	21 h 30
Greg	Greg	Greg
19 h	20 h 30	22 h
Rodrick	Rodrick	Rodrick

C'était INJUSTE. Manu a DÉJÀ sa propre couverture, alors il avait droit à une double ration.

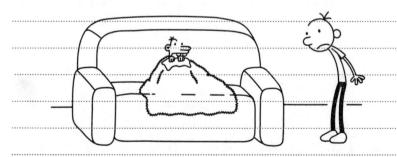

Quand MON tour arrivait, j'essayais d'en profiter au maximum.

Mais ça s'est révélé difficile de se détendre avec Rodrick qui rôdait derrière moi un quart d'heure avant la fin de mon tour.

On avait trois séances d'une demi-heure par soir, mais Rodrick privait Manu de la couverture en l'emportant aux toilettes juste avant de devoir la LAISSER. Et ensuite, Rodrick restait là pendant une HEURE, ce qui entamait MON tour aussi.

POUM
POUM

Maman a donc établi une règle comme quoi on n'avait pas le droit d'emporter la couverture aux toilettes.

Une nuit, j'ai dormi avec la couverture dans ma chambre, et Rodrick a râlé parce qu'il voulait la prendre pendant son petit déjeuner. Maman a donc établi une NOUVELLE règle disant que celui qui dormait avec la couverture devait la remettre en bas avant 8 h.

À la fin de la première semaine, il y avait tellement de règles que ma mère a dû les rassembler dans un MANUEL qui a fini par atteindre les vingt-cinq pages.

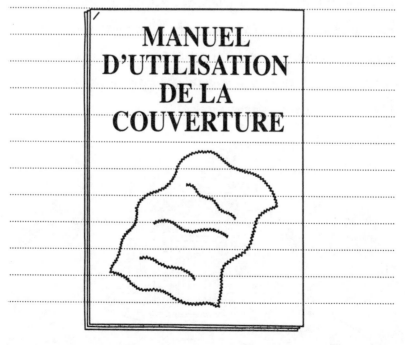

MANUEL
D'UTILISATION
DE LA
COUVERTURE

Mais ça n'a PAS résolu notre problème, et maman a fini par confisquer la couverture pour la donner à quelqu'un de plus « méritant ». Elle a dit que c'était notre faute, si on ne pouvait rien avoir d'agréable, parce qu'on ne savait pas PARTAGER.

Les adultes parlent toujours des vertus du partage, mais je trouve ça très surestimé. Si jamais je gagne assez d'argent, je me ferai construire un grand château pour moi tout seul où il y aura une grande couverture bien épaisse dans chaque pièce.

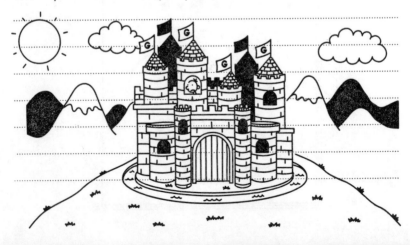

Lundi

Ce matin, au réveil, il gelait dehors. J'ai été soulagé
que ce soit à nouveau vraiment l'HIVER, mais quand ma
mère a voulu que je mette des sous-vêtements thermiques
pour aller au collège, je me suis dit que le réchauffement
climatique n'était peut-être pas une si mauvaise chose.

Je DÉTESTE les sous-vêtements thermiques : ils
sont inconfortables et je me sens RIDICULE avec.
Ces trucs ont l'air cool sur les mannequins des grands
magasins, mais sur moi, ça fait l'effet d'un super-héros à
la retraite.

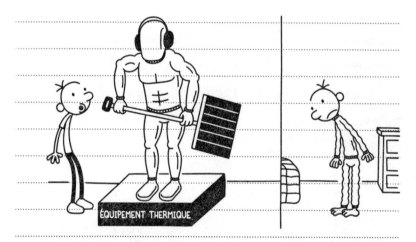

ÉQUIPEMENT THERMIQUE

Ces mannequins sont toujours super musclés, et pour les
mecs comme moi qui ne peuvent pas passer trois heures
par jour en salle de gym, c'est la honte.

Si jamais j'arrive à avoir un corps de rêve, je me ferai engager comme modèle de mannequin parce que ce doit être super pour draguer.

Les mannequins qu'on voit dans les magasins de sport prennent toujours des poses athlétiques, et ça doit être DUR de rester dans cette position pendant qu'on vous sculpte. C'est vraiment trop d'effort pour un boulot censé être FACILE.

Alors, quand je postulerai, ce sera pour les magasins de literie et de salles de bains.

Maman répète que j'ai de la CHANCE d'avoir des sous-vêtements thermiques car nos ANCÊTRES n'avaient pas ce genre de chose pour se réchauffer.

Je me pose parfois des QUESTIONS sur mes aïeux. Je ne comprends vraiment pas pourquoi ils ont choisi de vivre ICI alors qu'ils auraient pu choisir un coin bien PLUS CHAUD.

Mais je ne peux pas me plaindre, vu qu'ils ont SURVÉCU et que tout ce qu'ils ont fait a conduit directement à MOI. Je regrette seulement qu'ils ne puissent pas me voir afin qu'ils sachent que ça VALAIT le coup de faire tous ces sacrifices.

On a tous de la chance, quand on considère TOUT ce que les humains ont enduré pour arriver là où nous sommes.

En classe, on nous a dit qu'il y a dix mille ans, une grande couche de glace recouvrait la moitié de la planète. Et si les humains ont pu surmonter ÇA, je crois qu'ils pourront surmonter n'IMPORTE quoi.

Ma prof dit qu'un jour, la Terre connaîtra une autre période glacière, mais j'espère que ce n'est pas pour BIENTÔT.

Il paraît que les glaciers se déplacent LENTEMENT, ce qui est une bonne chose. Peut-être que ça nous laissera une chance de RÉAGIR.

Je ne sais pas ce qui est pire, une planète trop CHAUDE, ou trop FROIDE. Tout ce que je sais, c'est que ce matin, il faisait froid et que ce n'était pas marrant d'aller au collège à pied.

Pour me remonter le moral, j'ai dressé la liste de tous les trucs que j'AIME bien en hiver, mais ça a été vite vu. J'adore Noël et tout ça, mais après, on se traîne jusqu'au printemps.

Je suis arrivé à la conclusion que la seule chose qui vaille la peine en hiver, c'est le CHOCOLAT CHAUD. J'ai fait partie des Patrouilles de sécurité, et on avait droit à un chocolat chaud gratuit à la cafétéria. Mais après avoir été viré, j'ai dû commencer à apporter le MIEN.

Ces derniers temps, je me remplis une Thermos de chocolat chaud tous les matins pour me réchauffer en allant au collège.

Mais aujourd'hui, papa a dû prendre MA Thermos à la place de la SIENNE. Et je ne m'en suis rendu compte qu'en avalant une énorme gorgée de velouté de champignons.

J'aimerais bien que mes parents me déposent au collège le matin, mais ils partent une demi-heure avant moi.

Il y a des gosses de la côte que leurs parents accompagnent en voiture quand il fait froid comme en ce moment. Mais quand on a essayé de faire du stop, ils n'ont même pas croisé notre regard. Ça craint vraiment, dans la mesure où les jeunes de la côte sont supposés se serrer les COUDES.

Il faisait tellement froid aujourd'hui que les profs ont décidé de nous garder à l'intérieur pendant la récré, ce qui m'allait très bien.

La DERNIÈRE fois qu'on est sortis en récré par un temps pareil, Albert Sandy nous a assuré que les crachats gelaient avant de toucher le SOL.

En fait, il s'était PLANTÉ, et la récré a été un CAUCHEMAR total.

D'habitude, les récrés en intérieur sont plutôt barbantes. On est censés jouer à des jeux de société et faire des puzzles, mais les élèves ne tiennent pas en place et s'arrangent pour mettre un peu d'animation.

Alors aujourd'hui, la prof a annoncé qu'on allait essayer quelque chose de NOUVEAU.

Elle nous a appris un jeu qui s'appelle « le musée », où on doit tous rester figés comme des statues et tenir le plus longtemps possible.

C'était plutôt marrant, mais à la fin de la récré, je me suis rendu compte que c'était juste une façon d'avoir la PAIX pendant une demi-heure.

Ce qui me déplaît, avec le fait de rester enfermé en hiver, c'est que plein d'élèves sont MALADES, et je n'ai vraiment pas envie qu'on ME refile des microbes.

Notre collège en est PLEIN, et PERSONNE ne met la main devant sa bouche pour tousser ou éternuer.

Sortir dans le couloir entre les cours revient à traverser une zone de guerre.

Personne ne pense à éternuer dans le creux de son bras, et les types comme Albert Sandy n'AIDENT pas. Aujourd'hui, au déjeuner, Albert a raconté qu'un mec avait mis la main devant sa bouche pour éternuer, et que ça lui avait EXPLOSÉ la tête.

Je lui ai dit que c'était n'importe quoi, mais il a juré que c'était VRAI. Il a même ajouté que le mec avait SURVÉCU et qu'il travaille maintenant comme aide-caissier de la supérette du coin.

Albert raconte TOUJOURS ce genre de craques, et nos voisins de table croient tout ce qu'il dit. Il n'y a donc plus une SEULE chance pour que ces types couvrent leur bouche la prochaine fois qu'ils éternueront.

Il y a quinze jours, Albert a prétendu que quand on a un animal qui meurt en hiver, on doit attendre le dégel du printemps pour pouvoir l'enterrer. Et il a ajouté qu'il fallait un endroit pour GARDER les animaux morts en attendant.

Il a assuré que, dans notre ville, on les conservait dans la chambre froide de notre cafétéria pendant l'hiver, et qu'en ce moment, elle est ARCHI pleine.

Je suis pratiquement CERTAIN que c'est encore une de ses inventions stupides. Mais, tant qu'on n'a pas retrouvé notre COCHON, je ne prendrai pas les grillades de porc, au cas où.

J'en ai tellement assez de m'asseoir tous les jours à la table d'Albert Sandy et de tous ces débiles que je pense sérieusement à changer de place. Un que je ne regretterais pas, c'est Teddy Silvetti, qui porte le même pull toute l'année.

Le pull de Teddy n'a jamais été lavé et il est couvert de taches. Certains jours, les types de notre table essayent de deviner à quoi correspond chaque TRACE, et c'est ce qu'ils ont fait aujourd'hui.

C'est pour ça que les filles du collège ont des photos de chanteurs dans leurs casiers. Les gars de ma classe ne sont simplement pas des OPTIONS envisageables.

Je n'imagine même pas COMBIEN de microbes il y a sur le pull de Teddy, et je m'assois toujours à au moins deux places de lui.

Je consacre la plupart de mes capacités intellectuelles à déterminer qui a des microbes et OÙ ils vont. J'en ai déjà rempli deux carnets cet hiver.

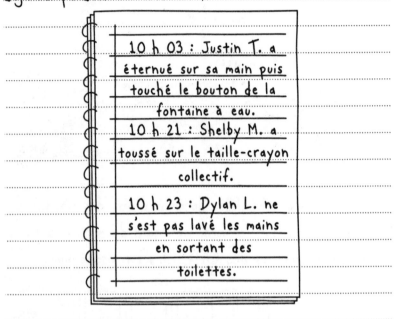

10 h 03 : Justin T. a éternué sur sa main puis touché le bouton de la fontaine à eau.

10 h 21 : Shelby M. a toussé sur le taille-crayon collectif.

10 h 23 : Dylan L. ne s'est pas lavé les mains en sortant des toilettes.

Ça devient plutôt délicat quand on a affaire à des JUMEAUX comme Jeremy et James Garza. Je n'arrive pas à les différencier, et aujourd'hui, il m'a bien semblé que l'un des deux était malade et PAS l'autre.

J'ai donc lancé une boulette de papier dans les cheveux
du jumeau malade afin de le repérer plus facilement.

Le seul AVANTAGE à être malade, ce sont les
pastilles à la cerise que ma mère me donne quand j'ai mal
à la gorge. Je sais qu'on est censé les sucer lentement,
mais je les mâche comme des BONBONS et j'en avale
plusieurs paquets par jour.

Les filles de ma classe ADORENT l'odeur des pastilles
à la cerise, et ça donne presque ENVIE d'être malade.

Malheureusement, les TYPES de ma classe l'aiment
aussi. Et ils veulent toujours que je leur en FILE.

Il y a quelques semaines de ça, j'ai eu l'impression d'avoir
un début de mal de gorge et j'ai apporté trois paquets
de pastilles au collège. J'en ai mis un dans ma poche et
j'ai rangé les AUTRES dans mon casier.

Mais Jack Maggot a flairé les paquets que je gardais
dans mon casier et, le temps que je m'en aperçoive, le
Dromadaire avait déjà crocheté la serrure.

Je voudrais éviter d'aller au collège pendant TOUTE
la saison des rhumes et de la grippe. Je finirai peut-
être par m'acheter une de ces bulles en plastique géantes
pour me protéger des microbes ambiants.

Mais je suis certain que ma bulle ne tiendrait pas une journée avant qu'un crétin la fasse crever.

Même si je déteste être malade, je suis content qu'on n'ait pas encore trouvé de traitement contre le rhume.

Parce que, dans le cas CONTRAIRE, je ne pourrais plus faire semblant d'être patraque pour rester à la maison à jouer aux jeux vidéo.

Aujourd'hui, il faisait encore plus froid sur le chemin du RETOUR que pour aller au collège. Et cette fois, Robert et moi, on avait le VENT de face, ce qui rendait les choses dix fois PIRES.

C'était tellement dur d'avancer qu'on a dû faire quelques pauses. On a commencé par se réfugier dans la pizzeria, parce qu'il y a un grand four et qu'il y fait toujours chaud. Mais quand le patron a compris qu'on n'achèterait RIEN, il nous a fichus dehors.

L'étape suivante a été la bibliothèque municipale. Comme c'est un bâtiment public, ils ne pouvaient pas nous virer. Mais quand les bibliothécaires sont devenues trop insistantes avec leurs bouquins, on est partis tout SEULS.

J'ai regretté qu'on ne soit pas passés par les toilettes de la bibliothèque avant de ressortir, car Robert a été saisi d'une envie pressante à la moitié du chemin. On a frappé à plusieurs portes, mais dès qu'ils nous voyaient, les gens faisaient semblant d'être absents.

TOC
TOC

Quelqu'un a fini par nous OUVRIR, mais Robert avait déjà le visage tellement gelé qu'il ne pouvait plus articuler.

Le temps d'arriver en bas de la rue Surrey, j'ai cru qu'il allait falloir emmener Robert aux urgences. Et je savais que personne dans CETTE partie de la rue ne nous laisserait entrer.

Il y a un gros ROCHER devant la maison de M. Yi, et j'ai conseillé à Robert de se cacher derrière pour faire sa petite affaire. Personnellement, j'éviterais de faire pipi dehors par un froid PAREIL, après ce qu'Albert Sandy nous a raconté sur un type à qui c'est ARRIVÉ.

Malgré tout, ce n'était pas le moment d'en parler à Robert, et d'ailleurs, je ne suis même pas certain qu'il s'agissait de la PETITE commission.

Bref, je ne sais pas ce qu'il fabriquait là-bas, mais ça lui a pris une ÉTERNITÉ. Des gosses du bas de la rue sont sortis jouer, et Robert n'a pas tardé à attirer une petite foule. Je me suis mis un peu à l'écart pour qu'on ne devine pas que j'étais AVEC lui.

Heureusement, on a pu s'en aller avant que qui que ce soit ne s'aperçoive de ce que FAISAIT Robert. C'est exactement le genre de bêtise qui pourrait finir par déclencher une GUERRE.

<u>Mardi</u>

Il faisait encore sérieusement froid ce matin, et j'ai cherché une écharpe et des gants dans le placard. Mes gants HABITUELS avaient disparu. Maman m'a dit de mettre les moufles que m'a offertes Grand-mère l'hiver dernier. Mais quand elle les a tricotées, elle a oublié de faire les POUCES.

Ça revient donc à porter une paire de CHAUSSETTES sur les mains. Et ça n'aide pas vraiment en cas de bataille de boules de neige.

Ma mère m'a conseillé de mettre aussi des cache-oreilles,
mais j'ai appris qu'à partir du moment où l'ennemi sait qu'on
ne l'entend pas APPROCHER, on CHERCHE les ennuis.

Si j'ai aussi froid, c'est parce que je suis MAIGRE et
que je manque d'isolation. Chaque hiver, j'essaye de
manger beaucoup pour me fabriquer une petite couche
de gras. Mais je dois avoir un métabolisme super rapide,
parce que ça n'a jamais l'air de FONCTIONNER.

Ce matin, il devait faire dans les moins douze dehors
et, en marchant vers le collège, je me suis demandé si le
SANG pouvait geler dans le corps.

Il paraît qu'on est constitués en gros à 60 % d'eau, alors j'imagine que c'est POSSIBLE. Mais ça ressemble à un bobard qu'Albert Sandy pourrait sortir.

Ce qui m'inquiétait le PLUS, c'étaient les ENGELURES. Je n'avais pas fait la moitié du chemin que j'avais les oreilles qui piquaient et je regrettais vraiment de n'avoir pas écouté ma mère pour les cache-oreilles.

J'ai bien cru qu'une de mes oreilles allait TOMBER, et que je ne le remarquerais pas avant d'être en classe.

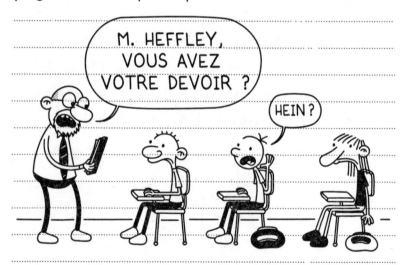

Et ce n'étaient pas que les OREILLES qui m'inquiétaient. Apparemment, il y a plein de parties du corps où on peut avoir des engelures.

Je n'aimerais pas perdre mon nez parce que ça me
donnerait une tête à faire peur. Mais vu qu'en géo, je
suis assis juste à côté des TOILETTES, ce serait
tout de même une amélioration.

Quand on n'a plus de nez, je me demande si ça coule
encore quand il fait froid dehors. J'ai TOUJOURS
le nez qui coule par temps froid et, à chaque fois, je
m'aperçois trop tard que j'ai de la morve gelée sur la
figure.

J'aimerais aussi garder mes LÈVRES, vu que sans elles, je donnerais l'impression de SOURIRE en permanence. Et dans certaines situations, ça pourrait poser un vrai problème.

CONTENTE QUE ÇA T'AMUSE.

SNIF

J'ai quand même eu de la chance de retrouver ces MOUFLES car je n'ai pas envie de perdre un DOIGT non plus. La seule chose à laquelle je serais prêt à renoncer, ce sont mes petits orteils vu que je ne m'en sers pratiquement PAS. La dernière fois que j'en ai eu besoin, c'était en maternelle pour apprendre à compter jusqu'à vingt. À part ça, je ne vois pas.

18...19... 20 !

J'étais loin d'être le seul à avoir peur des engelures, parce que, en arrivant au collège, les élèves faisaient la queue aux toilettes devant le sèche-mains. Du coup, j'ai débarqué en classe avec cinq minutes en retard.

Il y avait moins de vent pour rentrer à la maison, mais il faisait tout aussi FROID. Robert et moi, on s'est encore arrêtés à la pizzeria pour se réchauffer parce que Robert avait retrouvé un bon pour deux sandwichs aux boulettes gratos dans la poche de son anorak.

Après la pizzeria, il nous restait encore un long chemin à faire. Alors j'ai eu une idée.

Ma grand-mère habite entre le collège et la rue Surrey. Mais comme elle part dans le sud tous les hivers et ne revient qu'au printemps, la maison est pour le moment inoccupée.

Durant tout l'hiver, Grand-mère nous envoie des photos d'elle et de ses amis en maillot de bain pour nous montrer qu'elle s'amuse bien.

Et Grand-mère emmène son chien Chouchou avec elle. Alors, pendant que je me les gèle ici, c'est super de savoir que Chouchou se prélasse au soleil sur une plage du sud.

Grand-mère cache une clé dans son nain de jardin, à côté de la porte d'entrée. Et elle s'y trouvait TOUJOURS.

J'ai pensé qu'on pourrait se réchauffer chez Grand-mère avant la dernière portion de trajet. Robert était gêné d'entrer sans qu'il y ait d'adulte sur place, mais je lui ai assuré que Grand-mère serait RAVIE que son petit-fils profite de sa maison pendant son absence.

En entrant, j'ai eu une drôle de surprise. On se serait cru dans une GLACIÈRE, et j'en ai déduit que Grand-mère baisse le thermostat pour l'hiver.

D'habitude, elle pousse le chauffage À FOND. Quand elle est chez elle, il fait tellement chaud qu'on doit manger la crème glacée en gardant la porte du congélo ouverte pour éviter que la glace ne nous fonde dans les mains.

La première chose que j'ai faite une fois à l'intérieur a été de monter le thermostat. Cependant, comme la température mettait un moment à grimper, j'ai allumé le four pour qu'on se réchauffe plus VITE.

Grand-mère avait laissé des trucs à grignoter dans les placards de sa cuisine, alors on s'est servis. Mais pendant qu'on mangeait, on a vu quelque chose BOUGER derrière la fenêtre.

C'était Mme McNeil, la voisine fouineuse de ma grand-mère. Elle avait dû remarquer la lumière du frigo, et elle était maintenant sur le perron pour essayer de voir à l'intérieur.

On s'est planqués, et Mme McNeil a fini par s'en aller. Mais j'ai compris qu'on devait se montrer PRUDENTS si on ne voulait pas qu'elle appelle les FLICS. On s'est donc baissés et on a filé dans le séjour, où se trouve la télé.

Grand-mère a TOUTES les chaînes câblées et, coup de bol, elle ne s'est pas DÉSABONNÉE pour l'hiver. Mais on ne pouvait pas risquer d'alerter de nouveau la voisine, alors on a mis une couverture sur nous ET sur la télé POUR la regarder.

On a dû perdre la notion du temps parce que, quand on a éteint la télé, la NUIT était tombée. Il faisait super bon maintenant dans la maison, et je n'avais vraiment pas envie de sortir dans le froid. Alors j'ai eu une idée pour rendre le trajet jusqu'à la maison plus DOUILLET.

Je me suis dit qu'en passant nos vêtements au séchoir bien chaud avant de sortir, ça rendrait le froid moins vif pendant la marche. On est donc descendus au sous-sol, qui sert de buanderie, et on a chargé nos fringues dans le sèche-linge.

On a réglé la minuterie sur une demi-heure et on a attendu. Mais c'était un peu bizarre de rester en slip pendant que le séchoir tournait.

En plus, on CAILLAIT au sous-sol, alors on a cherché quelque chose à se METTRE. Robert a trouvé un sweat que j'avais offert à Grand-mère pour son anniversaire et il l'a mis, mais je ne me sentais pas À L'AISE dans ses affaires.

J'ai dégoté un pull que Grand-mère avait tricoté pour Chouchou, et il m'allait mieux que je l'aurais cru. Mais ça GRATTAIT un peu, et je ne me rappelais plus si Chouchou avait des PUCES.

GRAT'
GRAT'

Pendant que je cherchais une autre option, on a entendu du BRUIT en haut.

J'ai D'ABORD cru que Grand-mère avait laissé une clé à Mme McNeil, et que celle-ci était entrée. Mais Robert a suggéré que c'était peut-être un CAMBRIOLEUR qui savait la maison vide, et je me suis dit qu'il avait peut-être RAISON.

PLOM   PLOM

Des pas lourds ont encore résonné au-dessus de nous, et quand la porte du sous-sol s'est ouverte, on a complètement paniqué.

J'ai cherché autour de moi quelque chose pour me DÉFENDRE, mais le mieux que j'ai pu trouver, c'est une grosse ventouse.

Robert a attrapé une bombe anti-poussière parfum citron et un sac à main de Grand-mère. Puis on a entendu les pas descendre, et on s'est préparés.

PLOM
PLOM

LA MEILLEURE DES MAMIES

Quand les pas se sont arrêtés en bas des marches, on en a profité pour AGIR.

En fait, il ne s'agissait ni de Mme McNeil ni d'un CAMBRIOLEUR. C'était ma MÈRE.

Elle était venue faire une lessive car notre machine à laver est en panne.

Maman n'a pas dit grand-chose. Elle nous a juste priés de nous rhabiller et de monter dans la voiture. Puis elle a gardé un silence complet pendant tout le trajet jusqu'à chez nous, ce qui était très BIZARRE.

Je pensais que, dès que Robert serait sorti de la voiture, ma mère allait me crier dessus pour être allé chez Grand-mère. Mais elle n'a RIEN dit et n'en a même pas parlé à papa pendant le dîner.

Après que j'ai eu fini de faire la vaisselle, maman a demandé à me parler dans ma chambre. Là, elle a dit que c'était « parfaitement normal » pour des garçons de mon âge de « faire semblant », et qu'il n'y avait pas à en avoir honte. Ensuite, elle a ajouté qu'elle était contente que Robert et moi, on se serve de notre imagination plutôt que de jouer aux jeux vidéo.

Je n'ai pas la moindre IDÉE de ce que maman a pu croire qu'on faisait au sous-sol. Mais pour être honnête, je crois que j'aurais préféré qu'elle me passe un SAVON.

FÉVRIER

<u>Mercredi</u>

Il neige depuis plusieurs jours maintenant et, cette nuit, il en est tombé une couche de quatre centimètres. Malheureusement, ce n'était pas assez pour fermer le collège, et même s'il avait neigé DAVANTAGE, on ne nous aurait sûrement pas donné notre journée.

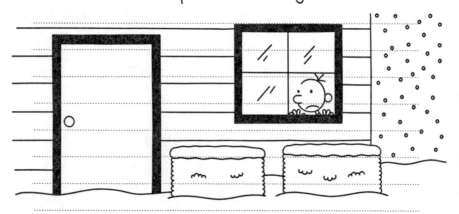

On ne dispose que d'un nombre limité de jours d'arrêt pour cause de neige par an. Si on dépasse, il faut les rattraper pendant les vacances d'été. Et on a déjà grillé la plupart de nos jours pour cet hiver, même si, techniquement, ce n'était pas TOUJOURS à cause de la NEIGE.

En décembre, le collège a fermé trois jours pour cause de POUX.

En fait, sûrement sans le savoir, Lily Bodner est venue au collège avec des poux. Et ça s'est PROPAGÉ quand elle s'est prise en photo avec ses copines.

Donc si on se retrouve coincés dans une classe surchauffée en juillet, je crois qu'on pourra tous remercier Lily et ses selfies.

Parfois, quand il neige le matin, on nous donne une DEMI-journée. Mais je ne suis pas très fan des demi-journées parce qu'on doit quand même faire tout ce chemin juste pour quelques heures de cours.

Ce qui craint VRAIMENT, c'est quand la direction consulte la météo et décide à l'avance que le lendemain sera une demi-journée.

Ces jours-là, tous les cours sont maintenus, mais ils sont réduits de la moitié du temps. Ça vaut aussi pour les RETENUES. Et tous les harceleurs de l'établissement savent que s'ils font des sales trucs la VEILLE d'une demi-journée, ça ne leur vaudra qu'une demi-PUNITION.

SCHLACK

Il arrive que des cours soient annulés parce qu'il est CENSÉ neiger, et puis que la neige ne vienne PAS. C'est parce que le collège se fie au monsieur météo de la télé locale, et qu'il se trompe au moins une fois sur deux.

GARY SE PLANTE ENCORE !

Au réveillon du jour de l'an, il a prédit qu'il ferait un « temps à se mettre en short et tee-shirt » le lendemain, et on a eu six centimètres de neige. Quand les gens l'ont repéré à l'épicerie du coin, ils lui ont fait comprendre qu'ils n'étaient pas ravis.

Franchement, je ne pige pas comment ce type peut encore BOSSER mais j'imagine que tant qu'il y aura des gens comme mes parents pour se brancher dessus tous les soirs, il ne PARTIRA pas.

Ce matin, je n'ai pas pu retrouver une de mes moufles, et j'ai cherché une solution de remplacement. Le temps pressait, et je n'ai rien trouvé de mieux qu'une marionnette que maman avait achetée quand j'étais petit pour m'inciter à manger des choses saines.

Maman s'imaginait sûrement que si M. Délice aimait les légumes, je les aimerais aussi. En fait, je me suis servi de M. Délice pour qu'IL mange MES légumes, et là, quand je l'ai déniché dans le placard, il avait encore des taches des petits pois que je détestais en CE1.

Je sais que c'est ridicule de porter une marionnette en guise de gant, et j'ai pensé PRESQUE tout le temps à garder la main dans la poche de mon anorak pour aller au collège.

Mais quand Cassie Drench m'a dépassé dans le pick-up de son père, j'ai COMPLÈTEMENT oublié que j'avais M. Délice sur la main.

En parlant de FILLES, il y a eu un GROS changement dans les Patrouilles de sécurité, ces dernières semaines.

Avant, beaucoup de GARÇONS s'engageaient dans les Patrouilles, mais la plupart d'entre eux abandonnaient ou se faisaient virer avant le nouvel an.

Les deux derniers mecs ont été Eric Reynolds et Domi Finch, qui étaient tous les deux capitaines. Mais on leur a retiré leur insigne début janvier, quand ils se sont lancés dans une bataille de boules de neige devant une classe de maternelle.

Alors, maintenant, les Patrouilles de sécurité sont composées à 100 % de FILLES, et je parie qu'elles préparaient leur coup depuis un MOMENT.

Ça s'explique parce que les types de mon collège sont vraiment des MINABLES. Et dès qu'il neige, ils ne se tiennent plus.

Les filles ont sûrement fini par en avoir RAS LE BOL, et c'est pour ça qu'elles ont pris le pouvoir.

Maintenant que ce sont les filles qui commandent, ça ne rigole plus. Si on balance une seule boule de neige, les Patrouilles de sécurité le signalent à la directrice et on écope automatiquement d'une retenue.

Alors les filles PRIENT pour que l'un d'entre nous commette une petite faute.

Aujourd'hui, la route était dégagée, mais PAS les trottoirs. Quand ça arrive, Robert et moi, on marche sur la chaussée, mais ces nouvelles Patrouilles de sécurité sont très à cheval sur les règles, et elles ne nous laissent pas marcher sur la route, même si ELLES, elles le font.

HOP

Or, c'est quasi IMPOSSIBLE de marcher sur un trottoir enneigé, SURTOUT quand les gens déblaient leurs allées.

En réalité, on n'arrive même pas à savoir où EST le trottoir et, ce matin, j'ai failli me bousiller une rotule sur une bouche d'incendie cachée dans une congère.

Et le PLUS nul, c'est que les Patrouilles de sécurité obligent les mecs à marcher sur le TROTTOIR et laissent les FILLES marcher sur la ROUTE.

Quand on est arrivés enfin en classe, Robert et moi, le trajet nous avait complètement lessivés alors que les filles étaient en pleine forme. Si l'une d'elles devient présidente un jour, ce sera parce qu'elle aura été indûment avantagée au collège.

Je ne peux pas vraiment en vouloir aux Patrouilles de sécurité de s'en prendre aux types de ma classe. La plupart des mecs ne sont que des SAUVAGES, et ils font du tort aux gars civilisés dans MON genre.

Mais maintenant que la situation des Patrouilles a changé, je me dis qu'il pourrait y avoir moyen pour moi de me distinguer de ces imbéciles.

Si j'arrive à travailler POUR les Patrouilles, je pourrai me faire BIEN voir. Et si je dénonce les fauteurs de troubles aux filles, elles me seront REDEVABLES.

Je ne sais pas pourquoi mais, dans notre établissement, c'est très mal vu de moucharder. Si on dénonce un élève qui a fait quelque chose de MAL, on se fait traiter de cafard, et il est très difficile de s'en remettre.

Mais, d'après mon expérience, les seuls à qui l'« interdit de moucharder » profite sont les HARCELEURS. Je suis certain que l'idée vient d'eux au DÉPART.

Personnellement, la délation ne me pose aucun problème.
Et il semble bien que ça puisse RAPPORTER d'être un
mouchard.

Rodrick m'a parlé d'un type dans son lycée qui s'est
révélé être un « stup », c'est-à-dire que le mec faisait
SEMBLANT d'être un lycéen alors que c'était en fait
un flic DÉGUISÉ.

J'avais déjà entendu ce genre d'histoire et, parfois, je
me demande s'il n'y aurait pas aussi des stups au collège.

Il y a un nouveau qui s'appelle Charles Browning et qui
est arrivé en milieu d'année. Il a l'air beaucoup plus vieux
que nous, et je commence à me demander si ce n'est pas
un STUP.

J'ai décidé de lui donner toutes les infos sur les types de ma classe, au cas où.

Jason Swann mache du chewing-gum en classe.

Bref, j'attends avec impatience que tout rentre dans l'ordre car la neige cause plein de PROBLÈMES. Ça fait plusieurs jours que des élèves gardent leurs après-skis en classe, et ils laissent des paquets de neige dans le couloir.

Alors, aujourd'hui, les profs ont demandé à tout le monde de se déchausser à l'entrée des classes. La neige accumulée sur les bottes a FONDU et formé une FLAQUE géante.

Alors les élèves ont MARCHÉ dedans pour entrer en classe et se sont tous retrouvés avec les chaussettes TREMPÉES. Une chose en entraînant une autre, trois heures plus tard, c'était le CHAOS dans les couloirs.

C'est devenu un tel cirque que les profs ont confisqué toutes nos chaussettes pour les mettre à l'accueil.

Mais ce n'est pas forcément mieux de se retrouver avec une bande de collégiens pieds nus.

À la fin de la journée, on est tous allés à l'accueil récupérer nos chaussettes. Mais la plupart des paires se ressemblaient, et personne n'arrivait à savoir lesquelles étaient à qui.

Heureusement, Jack Maggot a un odorat vraiment exceptionnel, et il a pu restituer ses vraies chaussettes à chaque élève.

Il est même parvenu à trier les chaussettes des jumeaux Garza, ce qui, reconnaissez-le, est carrément IMPRESSIONNANT.

J'étais content qu'il fasse un peu moins froid pour rentrer, aujourd'hui, vu qu'on ne pouvait pas faire escale chez Grand-mère. Mais le trajet n'a pas été FACILE pour autant.

On n'a pas le droit de lancer des boules de neige sur le chemin du retour. Mais UNE FOIS qu'on est rentrés, on peut faire tout ce qu'on VEUT.

Donc les élèves qui habitent près du collège se sont dit qu'en déposant leur sac chez eux, ça comptait comme s'ils étaient RENTRÉS. Et alors ils attaquent les types comme Robert et moi, qui avons encore un bon bout de route à PARCOURIR.

Les PATROUILLES DE SÉCURITÉ se sont aussi fait agresser. Mais les règles sont les règles, et elles n'ont pas le droit de riposter.

De plus, elles ont été attaquées des deux CÔTÉS à la fois. Certains élèves de la côte qui se font raccompagner en voiture repartent en direction du collège à pied rien que pour faire des batailles.

Il est censé tomber encore quelques centimètres de neige demain. J'ai prévenu mes parents que j'économisais pour m'acheter une MOTONEIGE afin de rendre le trajet du collège moins pénible.

Mais ils ont aussitôt énuméré toutes les raisons qui empêcheraient un collégien d'avoir une motoneige et, au bout d'un moment, j'ai arrêté de les écouter.

Dès que j'ai une bonne idée, mes parents la dénigrent. Ils ont fait exactement la même chose l'hiver DERNIER, quand j'ai envisagé d'avoir un traîneau.

Je m'étais dit que si j'achetais quelques chiens et que je les dressais pour tirer une luge, le matin ce serait du GÂTEAU d'aller au collège.

Cependant, mes parents ont sûrement cru que je BLAGUAIS parce qu'ils m'ont conseillé de foncer.

Mais une fois que je me suis servi de mes étrennes pour acheter une portée de chiots à une dame qui habite en haut de la rue, ils m'ont obligé à les rendre jusqu'au dernier.

Jeudi

Aujourd'hui, je me suis rappelé pourquoi l'hiver est le moment de l'année que j'aime le moins.

Il neigeait encore mais, ce matin, j'ai décidé de me préparer pour ne pas avoir froid en chemin. Papa avait allumé du feu avant de partir au travail, et j'ai eu l'idée de m'en servir pour réchauffer mon anorak et mes bottes.

Mais j'ai posé mes bottes trop près du feu, et les semelles de caoutchouc ont fondu sur les briques. Au moment de partir, impossible de les DÉCOLLER.

Robert allait arriver d'un moment à l'autre, et j'ai dû trouver AUTRE chose à me mettre aux pieds.

Comme les Patrouilles de sécurité refusent de nous laisser aller sur la chaussée, mes baskets seraient tout de suite TREMPÉES si je marchais dans la neige.

Alors j'ai créé mes propres RAQUETTES avec des boîtes à pizza et de l'adhésif entoilé. Et quand Robert a frappé à la porte, j'étais fin prêt.

Je dois dire que mes raquettes fonctionnaient encore mieux que je m'y ATTENDAIS. En fait, j'avançais tellement vite que Robert a même eu du mal à rester à ma hauteur.

SKICH   SKOUCH

Seulement, une fois en bas de la rue Surrey, ça s'est dégradé.

Les boîtes se sont RAMOLLIES et j'ai commencé à m'enfoncer dans la neige. C'est devenu pire que de porter des baskets parce que je devais traîner ces cartons détrempés.

SPLEURK   SPLEURK

J'ai bien vu que ça ne fonctionnait pas, alors j'ai demandé à Robert de m'aider à détacher les boîtes de mes baskets. Mais c'était quasi IMPOSSIBLE à cause des couches d'adhésif.

SCRONTCH   ARGNNH

Manque de bol, on se trouvait contre le jardin des Guzman, et ils ont environ onze chiens. Les chiens se sont demandé ce qu'on fabriquait, et ça n'a pas aidé.

Puis ils sont devenus AGRESSIFS et ont commencé à se battre pour les cartons. C'est alors que je me suis rappelé qu'il restait quelques parts de pizza de la veille à l'intérieur.

Les chiens ont bouffé tout le carton et, heureusement, ont laissé mes PIEDS tranquilles. On s'est sortis de là le plus vite possible, mais ça a suffi à tremper mes baskets.

Au moment précis où j'ai posé le pied sur la chaussée, les Patrouilles de sécurité m'attendaient avec leurs sifflets. Je me suis donc écrasé, et j'ai marché sur le trottoir.

Le FROID n'a pas mis longtemps à me gagner. J'avais peur de perdre mes ORTEILS si je ne trouvais pas un moyen de les réchauffer au plus vite. Le collège était encore loin et je commençais à désespérer.

On s'est donc arrêtés devant plein de maisons pour
que je fourre mes pieds devant les bouches d'air chaud
jusqu'à ce que je sente de nouveau mes orteils.

On a fini par arriver au collège, et il m'a fallu une
minute pour me rendre compte qu'il faisait presque aussi
froid DEDANS que DEHORS.

Cette nuit, l'odeur des chaussettes d'hier était
tellement abominable que le gardien n'a pas pu le
supporter.

Il a fait le tour des salles et ouvert toutes les fenêtres pour aérer.

Mais il a visiblement oublié de les REFERMER à la fin de son service. La chaudière n'a pas pu suivre et est tombée en rade. Ça signifiait qu'on allait passer la journée SANS CHAUFFAGE.

Au début, les profs nous ont laissé nos affaires d'hiver. Mais ça a dû leur faire trop bizarre, et ils ont changé d'avis : il a fallu tout ranger dans les casiers.

En Histoire, on GELAIT, mais ça allait pour la prof. Mme Willey garde un radiateur à côté de son bureau et elle l'avait mis à FOND.

Au milieu du cours, Becky Cosgrove a renversé sa table et s'est mise à hurler sans aucune raison.

Pour la punir, Mme Willey l'a fait asseoir à côté d'elle. Il n'a pas fallu une minute pour qu'on comprenne TOUS le petit jeu de Becky.

Mais les collégiens sont des idiots et, trente secondes plus tard, TOUT LE MONDE cherchait à obtenir une place à côté de Mme Willey.

Chacun a passé le reste de la journée à faire son possible pour avoir chaud. Et certains élèves se sont montrés très CRÉATIFS.

On a eu un spectacle scolaire il y a quelques semaines, et quelqu'un a eu l'idée brillante de prendre un des costumes dans les coulisses.

Pendant qu'on gelait à l'INTÉRIEUR, la neige continuait de s'accumuler DEHORS. À la quatrième heure de cours, certains flippaient déjà en pensant qu'on allait devoir passer la NUIT au collège.

À la pause déjeuner, des élèves ont acheté tout ce qu'il y avait à la cafétéria pour avoir des provisions si jamais on se retrouvait coincés. Ça a déclenché une panique GÉNÉRALE, et certains ont foncé sur les distributeurs des couloirs.

SHKLOUF
SHKLOUF

C'est arrivé à un point où on cherchait juste à mettre la main sur quelque chose de COMESTIBLE. Le bruit a couru qu'il y avait à manger dans le labo de SCIENCES, alors une petite bande s'est précipitée LÀ-BAS.

Et, d'après ce que j'ai entendu, ils ont absolument TOUT ratiboisé.

Je crois que la directrice a senti qu'elle allait avoir une ÉMEUTE sur les bras, et elle a annoncé la fin des cours.

C'était super pour ceux qui rentraient chez eux en BUS, mais pour nous qui devions MARCHER, c'était moins évident. Je n'étais pas vraiment pressé d'affronter une tempête de neige et j'ai PENSÉ à un truc. La rue Whirley n'est pas très loin de la NÔTRE, et je me suis dit que Robert et moi pourrions prendre LEUR bus pour nous RAPPROCHER de chez nous.

Alors, dès qu'on nous a laissés sortir, on a foncé vers le bus. Et on était tellement emmitouflés que personne n'a même remarqué qu'on montait à bord.

Je dois dire que ça faisait BIZARRE de prendre le même bus que ceux de la rue Whirley, étant donné que ces types sont nos ENNEMIS. Ils venaient faire de la luge dans notre côte chaque hiver jusqu'à ce qu'ils découvrent le 13ᵉ trou du parcours de golf.

Ce 13ᵉ trou est une LÉGENDE, et tout le monde sait que c'est le meilleur coin de la ville pour faire de la luge. Le problème, c'est que le parcours de golf fait partie du Country club, et que c'est une propriété PRIVÉE.

L'année dernière, j'ai voulu savoir pourquoi on délirait
tant sur cet endroit, et j'ai essayé de convaincre
Robert de m'accompagner. Mais ce truc de propriété
privée le rendait SUPER nerveux, et il ne voulait pas.

J'ai dû rappeler à Robert que sa famille est MEMBRE
du Country club, et qu'il a donc le DROIT d'y aller.

Mais je le soupçonne d'avoir eu peur que sa famille ne
perde sa carte de membre s'il était pris à faire de la
luge là-bas. Alors, pour qu'on ne le reconnaisse pas, il a
secoué la tête très vite et n'a pas arrêté pendant tout
le temps qu'on a passé sur place.

Je dois avouer que le 13ᵉ trou était à la hauteur de sa
réputation.

La pente était vraiment RAIDE, et quelqu'un avait fait un tas de neige près du bas, ce qui fait qu'on DÉCOLLAIT carrément.

On a fait quelques bonnes descentes, et puis les types de la rue WHIRLEY sont arrivés et ont éjecté tous les AUTRES du golf afin de le garder pour EUX.

Mais je m'en fiche. Tant que ces types ne viennent pas mettre le cirque dans NOTRE rue, ils peuvent avoir tout le TERRAIN DE GOLF, pour ce que j'en ai à faire.

Le trajet en car avec ceux de la rue Whirley n'a pas été une partie de plaisir. Robert et moi, on a fait profil bas pour ne pas se faire remarquer.

On arrivait presque à la rue Whirley quand un des types du fond a fait un truc vraiment DÉBILE. Il a lancé une boule de neige DANS LE CAR.

À la seconde où c'est arrivé, la conductrice a arrêté le car. Elle a prévenu qu'elle ne bougerait pas tant que le coupable ne se serait pas dénoncé.

Comme je l'ai déjà expliqué, la règle « interdit de moucharder » sévit au collège et, au fond du car, personne n'a RIEN DIT. Je regrette de ne pas avoir su qui était le coupable, car je l'aurais dénoncé aussi SEC.

J'étais quasi sûr que la conductrice BLUFFAIT et qu'on allait redémarrer au bout de quelques minutes.

Mais alors elle a sorti un LIVRE et l'a ouvert à la PREMIÈRE page. Et nous, on est restés là, à attendre pendant une HEURE qu'elle ait fini de lire.

Le pire dans tout ça, c'est que la conductrice avait coupé
le MOTEUR et qu'il n'y avait plus de CHAUFFAGE.

Ça discutait sec à l'arrière du car et je crois que
certains essayaient de convaincre celui qui avait lancé la
boule de neige de se livrer.

En tout cas, je regrette vraiment de m'être retourné
pour regarder, parce que des types se sont rendu
compte que je n'étais pas de la rue Whirley.

Ça a suffi. Ces mecs avaient besoin d'un BOUC ÉMISSAIRE pour la boule de neige, et comme je n'étais pas des LEURS, ça leur a paru une évidence.

La conductrice du car a décrété que je devais descendre IMMÉDIATEMENT. Ça m'allait très bien vu que maintenant que j'étais découvert, je ne voulais pas rester plus longtemps que NÉCESSAIRE. Je suis donc descendu, et Robert m'a suivi.

On devait se trouver à environ un kilomètre et demi de la rue Surrey. Il n'y avait pas de trottoir, mais comme il n'y avait pas de Patrouilles de sécurité non plus, on a marché sur la route.

Cinq minutes plus tard, on a entendu des voix énervées. C'étaient des types de la rue Whirley, et ils en avaient APRÈS nous.

D'abord, ces crétins avaient menti en racontant que c'était moi qui avais lancé la boule de neige. Et maintenant, ils CROYAIENT à leur mensonge et ils étaient FURIEUX.

Il fallait faire un choix : soit affronter la meute, soit FUIR. On a opté pour la fuite, et la seule solution était de courir vers les BOIS.

Franchement, je n'avais AUCUNE envie d'entrer là-dedans. Tout le monde sait que l'HOMME CHÈVRE habite dans cette forêt, et c'est pour ça que personne n'y va jamais.

Rodrick a été le premier à me parler de l'Homme Chèvre, qui était, d'après lui, mi-homme, mi-chèvre.

Je ne sais pas trop s'il voulait dire que la créature avait un torse de CHÈVRE et des jambes d'HOMME ou l'inverse. Mais, quoi qu'il en soit, cet Homme Chèvre me fichait la trouille.

Ça fait des années que Robert et moi, on discute pour déterminer quelle version est la bonne. Robert, lui, pense que l'Homme Chèvre est divisé VERTICALEMENT.

Il a peut-être raison, mais si vous voulez mon avis, sa version me paraît assez STUPIDE.

C'est plutôt marrant de parler de ces choses quand on passe la nuit chez un copain, bien en sécurité dans des sacs de couchage. Mais dans les bois où VIT l'Homme Chèvre, ça n'avait vraiment rien de drôle.

Les types de la rue Whirley devaient être au courant pour l'Homme Chèvre parce qu'ils ne nous ont pas suivis dans la forêt. Je me suis dit qu'on allait rester là le temps qu'ils s'en AILLENT car je ne voulais pas traîner là plus longtemps que NÉCESSAIRE.

Mais ces types avaient dû deviner qu'on aurait trop la trouille pour rester longtemps dans les bois, et on les voyait qui nous guettaient depuis la route, à la lisière de la forêt.

Notre seule chance était donc de nous enfoncer sous les arbres, et c'est ce qu'on a fait.

Le plus BIZARRE, c'était le SILENCE qui régnait. Au bout d'un moment, j'ai réalisé qu'on n'entendait plus les voitures, et c'est là que j'ai su qu'on s'était enfoncés TROP loin.

On est revenus sur nos pas pour retrouver la route, mais le soleil baissait, et ça devenait de plus en plus dur de repérer nos traces.

On a pressé l'allure afin de ne pas rester coincés dans les bois à la NUIT tombée. Et puis on a découvert des empreintes qui nous ont PÉTRIFIÉS.

D'abord, on a cru que c'était l'HOMME CHÈVRE. Et puis on a vu qu'il s'agissait de DEUX paires d'empreintes, et que c'étaient les NÔTRES. Ça signifiait qu'on venait de passer les dix dernières minutes à tourner en rond.

Alors on a fait demi-tour pour partir dans l'AUTRE sens. C'est là qu'on est arrivés à un RUISSEAU et que j'ai su qu'on s'était perdus.

GLOUGLOU GLOUGLOU

Robert PANIQUAIT complètement, mais pas moi.
C'est connu que, quand on se perd dans la nature, tout
va bien tant qu'on a de l'EAU.

J'ai vu un film où des explorateurs se retrouvent coincés
en pleine montagne, mais ils découvrent une source et ça
leur permet de survivre.

Ensuite, je me suis rappelé que quand ils sont au
BOUT DU ROULEAU, ils mangent leurs mulets. J'ai
prié pour qu'on n'en arrive pas là.

Je me suis dit que si on suivait le ruisseau, il nous
CONDUIRAIT bien quelque part, et qu'on saurait au
moins où on était. Mais on est tombés sur un barrage
de castors, et Robert a vraiment flippé.

Il a assuré que les castors sont DANGEREUX et qu'il avait vu une émission à la télé où un castor attaquait un HUMAIN.

Mais Robert est un imbécile. L'émission était en fait un DESSIN ANIMÉ, et j'étais AVEC lui quand il l'a regardé.

PIF PAF PONG
PIF PAF PONG
PAF

Je n'ai pas réussi à le convaincre pour autant de rester près du ruisseau, et on a dû faire ENCORE demi-tour. La nuit était maintenant COMPLÈTEMENT tombée. Après quelques minutes de marche, j'ai aperçu une lumière. J'ai pensé que c'était peut-être un phare de voiture, et on s'est mis à courir.

La lueur venait BIEN d'une voiture, mais ce n'était qu'une épave rouillée abandonnée au milieu des bois. Et c'était le reflet de la LUNE dans un rétroviseur qui avait attiré mon regard.

Quand mes yeux se sont habitués à la pénombre, j'ai vu qu'on était entourés par plein de carcasses de voitures et de camions.

Puis j'ai repéré un truc brillant sur une souche et je l'ai ramassé. C'était froid et métallique, et quand je l'ai approché de mon visage pour l'examiner, j'ai su EXACTEMENT de quoi il s'agissait.

C'était une boucle de ceinture, et elle appartenait à MAURICE MINGO.

Ça voulait dire que Robert et moi, on se trouvait en plein dans le CAMP des Mingo.

En ville, tout le monde s'est toujours demandé où vivent les Mingo, et voilà qu'on venait d'échouer au milieu de leur QUARTIER GÉNÉRAL.

J'ai tout de même pensé qu'on avait de la CHANCE parce que, au moins, il n'y avait personne sur PLACE. Mais à l'instant où on allait PARTIR, j'ai senti qu'on m'attrapait la MAIN.

Plus précisément, c'était M. Délice qui s'était fait choper, et j'étais sûr que c'était par Maurice Mingo et qu'il allait me TUER pour avoir touché sa boucle de ceinture.

Heureusement, j'avais tout FAUX. La marionnette s'était coincée dans une poignée de portière, et j'ai essayé de la dégager.

C'est à ce moment-là que j'ai entendu des bruits qui venaient de L'INTÉRIEUR DES ÉPAVES. J'ai compris que je devais choisir entre sauver MA peau ou celle de la MARIONNETTE, et il n'y a pas eu photo.

Robert et moi, on a filé vite fait. On était déjà à bonne distance du camp des Mingo quand on a entendu un son qui m'a glacé les sangs.

Impossible de savoir si c'était L'HOMME CHÈVRE ou les Mingo.

La seule chose dont j'étais sûr, c'est que si on s'arrêtait de COURIR, on était MORTS.

Je pouvais entendre des cris derrière nous, et ils se RAPPROCHAIENT. Mais au moment où les voix allaient arriver SUR nous, on est sortis des bois et on a jailli en terrain découvert.

Coup de bol, papa REGARDAIT devant lui, sinon, Robert et moi aurions eu un ACCIDENT DE LA ROUTE.

Mais au moins, ça aurait été une mort RAPIDE. Alors que si les MINGO nous avaient rattrapés, je suis certain qu'ils auraient pris leur TEMPS.

<u>Vendredi</u>

Ce matin, en me réveillant, j'étais complètement ÉPUISÉ. J'avais les jambes raides d'avoir trop couru hier, et je manquais de sommeil à cause d'un cauchemar où je voyais les Mingo me pourchasser.

Je m'apprêtais à dire à ma mère que je n'étais pas en état d'aller en cours aujourd'hui quand j'ai regardé par la fenêtre et vu que c'était inutile.

Il était tombé au moins dix centimètres de neige pendant la nuit, ce qui impliquait que le collège était FERMÉ. Une belle journée de détente m'attendait donc, à ne strictement RIEN faire.

Les parents étaient déjà partis, et Manu se trouvait à la crèche. Rodrick dort généralement jusqu'à 13 h quand il neige, et j'avais donc plus ou moins la maison pour moi TOUT SEUL.

Je suis descendu me préparer un bol de céréales et allumer la télé. Mais il y avait un problème avec la TÉLÉCOMMANDE.

POUSS
POUSS

La zapette m'a paru un peu LÉGÈRE, alors je l'ai ouverte pour vérifier s'il ne manquait pas une pile.

En fait, il n'y en avait AUCUNE, et j'ai trouvé un mot de MAMAN à la place.

> *Si tu veux les piles de la télécommande, mets la vaisselle dans la machine.*

Je n'avais vraiment pas envie de me taper une corvée un JOUR SANS COLLÈGE, alors j'ai fouillé partout pour trouver des piles. Mais ma mère avait dû ANTICIPER ma réaction, parce qu'il n'y en avait NULLE PART.

FLOUF
FLOUF

Je ne voyais pas comment elle pourrait savoir si j'avais chargé la machine puisqu'elle n'était même pas LÀ. Mais quand j'ai rangé la dernière assiette et refermé la porte du lave-vaisselle, il y avait un truc COLLÉ dessus.

C'était un MOT, avec une PILE scotchée dessus.

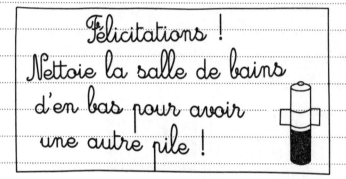

Félicitations !
Nettoie la salle de bains
d'en bas pour avoir
une autre pile !

Ça n'annonçait rien de bon. Il faut QUATRE piles dans la télécommande et, à ce rythme, j'allais passer la JOURNÉE à faire des corvées.

Puis j'ai réalisé que ce n'était pas OBLIGÉ. La zapette de la chambre des parents est toute MINCE, et j'étais quasiment certain qu'elle n'avait besoin que d'UNE SEULE pile.

Il se trouve que j'avais vu JUSTE. Je savais bien qu'il faudrait finir toutes les corvées avant le retour des parents, mais j'ai pensé que j'avais plein de temps et que je méritais bien de me détendre un peu. Je me suis donc installé confortablement sur leur lit et j'ai allumé la télé.

D'habitude, ça me met mal à l'aise de me coucher dans le lit des parents mais, cette fois, j'ai décidé de faire une exception. D'AUTANT PLUS que je me suis aperçu que l'une de leurs couvertures était le cadeau de Noël de tante Dorothée.

C'était GÉNIAL de regarder la télé au lit, en tout cas au DÉBUT. Je me suis senti très bien pendant les deux PREMIÈRES heures, et ensuite j'ai commencé à avoir un torticolis à force de rester dans la même position.

Quand j'habiterai tout seul, je fixerai ma télé au PLAFOND pour la regarder SANS LEVER la tête. Mais il faudra que je la fasse installer par quelqu'un qui connaît son AFFAIRE car je n'ai pas envie d'être le prochain Clément Aplati.

J'ai dû m'assoupir un petit moment, parce que c'est le téléphone qui m'a réveillé. C'était ma MÈRE, et je me suis dit qu'elle voulait vérifier que j'avais bien fait toutes les corvées.

En fait, elle appelait pour me prévenir qu'elle ne pourrait pas aller chercher Manu à la garderie, et qu'elle demanderait à Mme Drummond de déposer mon petit frère à la MAISON.

Ça voulait dire que je devrais faire du BABY-SITTING et que ça allait ruiner le reste de ma journée.

Une demi-heure plus tard, quand Mme Drummond a laissé Manu, je n'avais aucune idée de ce que j'allais FAIRE de lui. Je l'ai emmené dans la chambre des parents et je lui ai mis des dessins animés, mais il m'a suivi en bas. J'imagine qu'il voulait juste être avec MOI.

J'ai essayé de me rappeler ce que faisait Rodrick quand IL me gardait. Mais je ne me suis souvenu que de la fois où il m'a donné du jus de citron en m'assurant que c'était du SODA.

BLEURK

Puis je me suis rappelé un jeu auquel je jouais avec Rodrick et qui était vraiment SYMPA. On faisait comme si le sol était de la LAVE en fusion et qu'on ne devait marcher QUE sur les coussins du canapé.

On y jouait pendant des HEURES. Je me suis dit que si je montrais à Manu comment faire, il continuerait tout seul pendant que je ferais mes corvées. Mais quand je lui ai expliqué les RÈGLES, il a complètement flippé.

Du coup, Manu ne voulait plus du tout toucher le SOL, et ça ne me facilitait pas les choses.

Mais je devais toujours faire mes corvées si je ne voulais pas d'ennuis quand les parents rentreraient. Et j'en avais une GROSSE qui m'attendait : déblayer l'allée.

J'avais peur que Manu ne craque complètement si je le laissais dans la maison avec toute cette lave. Alors je lui ai mis sa tenue de neige, ce qui n'a pas été simple.

Mon frère pourrait jouer sur la terrasse, derrière la maison, pendant que je déblayerais l'allée devant. Il serait en sécurité puisque la terrasse avait des barrières.

PLOP

La neige de l'allée était lourde et humide, et j'avançais lentement. Après une demi-heure, j'ai décidé de faire une pause et de tremper mes mains gelées dans de l'eau chaude.

Pendant que j'étais à l'intérieur, je me suis dit que j'allais jeter un œil sur Manu. Mais il n'était PLUS sur la terrasse. Il avait construit un petit escalier de neige pour s'enfuir.

Heureusement, il n'était pas allé très LOIN. Mais je me suis rendu compte que je ne pouvais plus le laisser SEUL.

Je l'ai emmené devant la maison avec moi. Il était tard, et papa est FURIEUX quand l'allée n'est pas dégagée à son retour du travail.

J'ai déblayé aussi vite que je pouvais, et Manu m'a même donné un coup de main.

Mais il y avait trop de neige, et pas assez de TEMPS. J'allais abandonner quand des filles d'une autre rue sont passées et m'ont proposé de déblayer l'allée pour dix balles.

Elles avaient l'air JEUNE, et je ne voyais pas comment elles pourraient faire mieux que Manu et moi. Mais toute aide était bonne à prendre, alors autant leur donner une CHANCE.

Je gardais cinq dollars dans le tiroir de ma table de nuit, et j'ai pris les cinq autres dans le pot rempli de pièces que Manu garde dans sa chambre. Or, ce que je n'avais pas vu en passant le marché avec les filles, c'est qu'elles disposaient d'une SOUFFLEUSE À NEIGE.

L'allée a donc été totalement dégagée en moins de cinq minutes.

J'ai eu un peu l'impression de m'être fait arnaquer, et je leur ai dit que je leur filerai trois dollars au lieu des dix prévus.

Mais je ne devais pas être le PREMIER mauvais payeur sur lequel elles tombaient. Elles ont RENVOYÉ toute la neige sur l'allée et y ont ajouté celle de la pelouse, juste pour marquer le coup.

Quand mes PARENTS sont rentrés, la situation était encore pire que quand j'avais COMMENCÉ à déblayer.

Après le dîner, mon père et ma mère m'ont fait la leçon jusqu'à vingt heures pour n'avoir pas fini mes tâches. Et c'est à ce moment que Rodrick s'est levé pour entamer sa journée.

<u>Samedi</u>

Généralement, le week-end, je fais la grasse matinée, mais aujourd'hui, ma mère avait d'AUTRES projets pour moi.

Elle m'a annoncé que j'allais passer la journée à jouer DEHORS. Je lui ai répliqué que je sortirais dans la neige après quelques parties de jeux vidéo, mais elle m'a rappelé le principe du week-end sans écran, et j'ai compris qu'elle ne cèderait pas.

Quand j'étais petit, je pouvais passer DES HEURES à jouer dans la neige. Mais maintenant, il ne me faut pas dix minutes pour avoir envie de rentrer.

Les adultes font comme s'il n'y avait rien de plus génial que de jouer dans la neige. Mais EUX se gardent bien de se rouler dedans pour nous montrer l'exemple.

Je ne me rappelle qu'une seule fois où papa a joué avec nous dans la neige. Et ÇA s'est arrêté à la seconde où Rodrick lui en a mis une pelletée dans le COU.

Maman veut TOUJOURS qu'on aille dehors pour qu'on ait notre dose de vitamine D qui vient du soleil. Je lui certifie que le soleil de mes jeux vidéo me donne PLEIN de vitamine D, mais ce genre de raisonnement ne marche jamais avec elle.

Aujourd'hui, quand je suis sorti, Manu était déjà dehors, en train de faire des bonshommes de neige, ou je ne sais pas COMMENT on peut appeler ça.

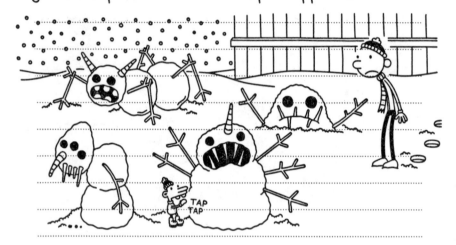

On ne ratisse jamais complètement la pelouse en automne, et Manu a pris les feuilles qui restaient pour décorer ses amis de neige.

Comme Manu avait pris pratiquement toute la neige du jardin, je ne pouvais pas FAIRE grand-chose. J'ai donc décidé de filer chez Robert, ce qui impliquait de passer devant chez FREDDY. Évidemment, il était dans son jardin.

Si je suis allé chez Robert, c'est parce que, chez lui, il y a le chauffage au sol. Alors, dès qu'il fait froid, j'essaye de passer le plus de temps POSSIBLE dans sa baraque.

Mais maman a dû se DOUTER que j'irais me réfugier chez Robert, parce qu'elle a appelé ses parents et il était déjà dehors quand je suis arrivé.

Puisqu'on était coincés à l'extérieur tous les deux, je me suis dit qu'on devrait en profiter au maximum. Comme j'avais fait le plus dur en grimpant la côte, j'ai proposé à Robert de faire de la luge.

Le chasse-neige passe généralement en fin de matinée, on n'avait donc que quelques belles descentes devant nous avant que la route ne soit déblayée. Mais le conducteur habituel du chasse-neige était en VACANCES, et les jeunes d'en haut ont dit à son remplaçant que la rue Surrey était à trois kilomètres de là. On a donc eu un peu plus de temps.

Je ne pense pas que ce soit une bonne idée de faire les malins avec les remplaçants, vu que ça se paye TOUJOURS. L'année dernière, on a eu pendant un trimestre un remplaçant en maths et, le premier jour, on a tous échangé nos places en sachant qu'il avait un plan nominatif de la classe.

Il faut dire que c'était carrément hilarant de l'entendre nous appeler par les mauvais noms tous les jours. Mais quand le type qui se faisait passer pour MOI s'est mis à DÉBLOQUER, ça n'a plus été drôle du tout.

Et quand notre prof HABITUELLE est revenue, le remplaçant lui a remis un mot sur le FAUX Greg Heffley, j'ai écopé de deux semaines de retenues.

Robert n'avait qu'une seule luge, mais on tenait à deux dessus. On s'est serrés et on l'a dirigée vers le bas de la côte. Mais ça faisait trop de poids pour prendre de la vitesse.

Un peu avant la fin de la descente, on s'est arrêtés net. C'était probablement aussi BIEN, parce que les types qui sont arrivés au bout se sont fait canarder par ceux du bas de la rue Surrey dès qu'ils ont atteint leur territoire.

Les choses auraient vraiment pu s'envenimer, mais alors, le chauffeur remplaçant du chasse-neige a trouvé où se situait réellement la rue Surrey, et ça a été terminé.

Là, je me suis dit qu'on avait passé assez de temps dehors, et on a tenté de rentrer. Mais ma mère avait verrouillé la porte et j'ai bien vu qu'elle ne plaisantait pas.

Comme on ne pouvait plus faire de LUGE, il a fallu qu'on trouve une AUTRE occupation. Alors Robert et moi, on s'est rendus sur le terrain vague, pas très loin de chez moi, pour décider quoi FAIRE.

Tant qu'à rester dehors, il fallait trouver un moyen d'avoir CHAUD. Au collège on nous a montré un film sur des gens qui construisent des IGLOOS au pôle Nord pour survivre dans le froid, et je me suis dit que ça valait la peine d'essayer.

On a fabriqué des briques de neige et on les a empilées comme dans le film. On a eu du mal au début, et puis on a pris le COUP. Le truc, c'était de bien former le dôme pour que ça ne s'ÉCROULE pas.

On a fait super attention, et tout a tenu. Mais quand on a posé la dernière brique au sommet, on s'est aperçus qu'on avait oublié de prévoir une PORTE.

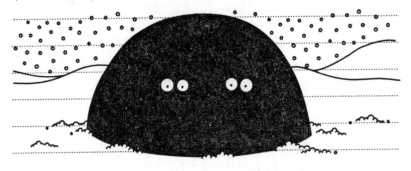

Robert a fait une crise d'hyperventilation, et si je n'AGISSAIS pas au plus vite, il allait pomper tout l'oxygène disponible. J'ai donc passé la tête à travers le sommet et j'ai pris une grande goulée d'air frais.

Des gosses du coin nous avaient regardé construire notre igloo, et ma tête a dû leur paraître la cible idéale.

Quand ces idiots se sont retrouvés à court de boules de neige, ils se sont lancés à l'assaut de l'igloo. Les briques n'étaient pas prévues pour soutenir un tel poids et il n'a fallu que quelques secondes pour que tout s'effondre.

On a eu du bol de s'en sortir VIVANTS, Robert et moi. Une fois qu'on a eu rampé loin des ruines de l'igloo, j'ai estimé qu'on avait assez rigolé pour la journée. On est donc retournés chez moi et, cette fois, maman nous a laissés ENTRER.

J'ai raconté à ma mère ce qui s'était passé sur le terrain vague et lui ai demandé d'aller sonner les cloches de ces débiles.

Mais maman a répondu que grandir, ça voulait dire apprendre à gérer les conflits, et que Robert et moi devions nous débrouiller tout SEULS. ÇA ne m'a pas beaucoup plu. Je croyais que l'intérêt d'avoir des parents, c'était pour qu'ils règlent les problèmes à VOTRE place.

Papa écoutait depuis l'autre pièce, et lui voyait les choses tout AUTREMENT. Il a dit que les gosses du quartier venaient de nous déclarer la GUERRE, et que si on ne répliquait pas, ils croiraient pouvoir nous tomber dessus quand ils VOUDRAIENT.

Il a ajouté que quand IL était jeune, son quartier se transformait en champ de BATAILLE dès qu'il neigeait. Les gosses construisaient des forteresses et se livraient à des combats de boules de neige mémorables, chacun appartenant à un « clan » différent.

Chaque clan avait son DRAPEAU, et quand on capturait la forteresse d'un ennemi, on y plantait son drapeau pour marquer son territoire.

Robert était d'avis qu'on devrait former un clan, et l'idée du DRAPEAU lui a vraiment plu. Moi, j'ai trouvé ça plutôt RINGARD, mais tant que ça nous donnait une excuse pour rester à l'INTÉRIEUR, j'étais pour.

On a dégotté une vieille taie d'oreiller dans la buanderie, et des feutres dans le tiroir de la cuisine. Puis on a cherché un NOM pour notre clan.

Robert a proposé qu'on s'appelle « Poufsouffle », mais je lui ai dit que, tant qu'à faire, autant prendre un nom ORIGINAL.

On a discuté un moment pour choisir un nom, et puis j'ai compris qu'on n'arriverait pas à s'entendre là-dessus. Alors on s'est concentrés sur l'ASPECT de notre drapeau.

Robert voulait qu'on prenne un LOUP comme symbole, mais j'avais envie d'un truc encore PLUS féroce pour faire peur à nos ennemis. J'ai pensé à une hache ensanglantée mais, évidemment, ça n'a pas plu à Robert. Alors on a trouvé un compromis en mélangeant les deux.

Sauf que, quand on met une hache et un loup, on obtient un loup mort, ce qui ne peut faire peur à PERSONNE.

On s'apprêtait à repartir de zéro et à imaginer un nouveau drapeau, mais quand j'ai pris une autre taie, maman a décrété qu'on devait retourner dehors. Alors on s'est rhabillés et on est retournés au terrain vague.

Les types qui avaient massacré notre igloo étaient passés à autre chose et avaient déserté le terrain vague. On s'est servis des restes de l'igloo pour bâtir une forteresse capable de résister à une attaque.

La forteresse terminée, on a planté notre drapeau et on a ATTENDU.

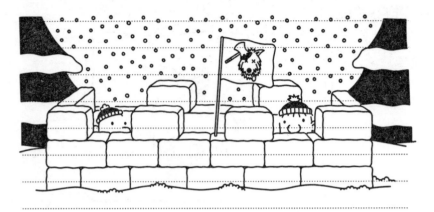

Je pensais bien que notre fort attirerait l'attention, mais pas à ce POINT-LÀ. Au bout de quelques minutes, des types ont attaqué de toutes les DIRECTIONS.

On a été COMPLÈTEMENT submergés, et quand l'ennemi a lancé l'assaut, on a dû ABANDONNER le fort.

Une fois rentrés à la maison, on a tout raconté à papa. Mais quand on lui a décrit notre fort, il nous a dit qu'on s'y était pris N'IMPORTE COMMENT.

Il a expliqué qu'il fallait construire les forts en hauteur afin de pouvoir repousser l'ennemi.

Ensuite, mon père s'est lancé dans un grand cours d'histoire sur la guerre des châteaux forts et comment les gens se défendaient en ce temps-là.

À cette époque, c'était VIOLENT, et je ne citerais qu'un exemple. Quand des envahisseurs cherchaient à franchir les murailles d'un château, on leur balançait de l'huile bouillante dessus.

J'espère qu'on n'en arrivera pas là dans notre quartier. Mais ce soir, au cas où les choses tourneraient au VINAIGRE, j'ai ajouté un article sur la liste des courses de ma mère.

Liste des courses

Œufs	Petits pois
Lait	Poires
Ketchup	Piles
Pain	HUILE
Cornichons	

<u>Dimanche</u>

Cette nuit, il a dû tomber encore une quinzaine de centimètres de neige et, à mon réveil, la rue en était complètement TAPISSÉE. Je ne voyais même plus la limite entre notre JARDIN et la ROUTE.

J'étais étonné que le chasse-neige ne soit pas encore passé parce que, avec autant de neige, les gens ne peuvent même plus sortir leurs voitures. Mais papa est rentré de son tour matinal et nous a tout expliqué.

Le chasse-neige s'était retrouvé COINCÉ en essayant de monter la côte. Ensuite, le chauffeur s'est fait attaquer par les gosses du quartier et il s'est enfui en laissant son engin dans la rue.

Ça signifiait qu'on pourrait faire de la luge toute la JOURNÉE si on voulait. Mais la luge, c'est pour les PETITS, et j'avais d'autres PROJETS.

Après une nuit à parcourir les livres de mon père pour tout apprendre sur la guerre des châteaux forts et les stratégies de combat, ce matin, j'étais PRÊT.

J'aurais voulu commencer sur-le-champ à bâtir une forteresse avec Robert, tout en sachant bien qu'à la seconde où on dresserait les MURS, on serait ATTAQUÉS. La seule façon de résister était d'avoir des MUNITIONS.

Je me suis dit qu'on pourrait acheter une provision de boules de neige toutes prêtes à Mitchell Pickett, et on s'est rendus dans sa cabane. Les choses devaient avoir bien marché pour Mitchell l'hiver dernier, parce que CETTE année, il avait DIVERSIFIÉ son offre.

J'avais emprunté assez de pièces dans le pot à monnaie de Manu pour acheter trois douzaines de boules de neige, mais après avoir vu TOUT ce qu'il proposait, il fallait faire des choix.

Les Spécialités Coulantes ressemblaient à des boules normales, et j'ai demandé à Mitchell pourquoi elles coûtaient cinq fois plus cher. Il a répondu que c'étaient des boules normales avec de la neige un peu FONDUE à l'intérieur, et ne me demandez pas comment il fait ÇA.

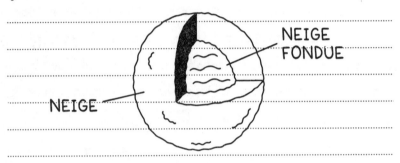

NEIGE FONDUE

NEIGE

On a fini par acheter deux douzaines de boules et un lance-boules, qui nous serait sûrement utile pour les tirs longue distance.

Mais j'ai regretté de ne pas avoir pris tout le pot de pièces en voyant que Mitchell vendait une catapulte à neige qui semblait pouvoir causer de VRAIS dégâts.

Pour ça, il faudrait revenir. En attendant, on a chargé nos achats sur ma luge et on a filé au terrain vague.

Et là, on n'en est pas REVENUS. Il y avait plusieurs forteresses de neige qui se dressaient à présent sur le terrain, et chacune d'elles était occupée.

Ces gamins avaient copié notre idée, y compris le DRAPEAU. Les sœurs Marli avaient dessiné une lance dessus, et Evelyne Trimble une chauve-souris sur le sien. Les jumeaux Garza avaient dessiné un ogre à deux têtes assez impressionnant.

Il y en avait aussi des NULS. Le père de Marcus Marconi tenait la sandwicherie qui a fermé en centre-ville, et Marcus a pris le drapeau qui flottait devant la boutique.

Je voulais m'approcher pour voir qui D'AUTRE avait construit une forteresse, mais aussitôt, Ernesto, Gabriel et QUELQUES autres nous ont TIRÉ dessus.

Le terrain vague était complètement envahi, et il était IMPOSSIBLE de bâtir un nouveau fort de neige maintenant. Notre seule chance était donc d'en prendre un DÉJÀ construit.

J'ai récupéré de vieilles jumelles dans mon garage pour qu'on puisse surveiller le terrain sans avoir à trop S'APPROCHER.

On n'était pas partis depuis cinq minutes que les choses ont DÉGÉNÉRÉ. Gabriel et Ernesto se battaient contre les sœurs Marli, et un groupe de gosses scolarisés à domicile s'en prenaient aux jumeaux Garza.

Emilia Greenwall et Evelyne Trimble faisaient équipe contre Anthony Denard et Sheldon Reyes pendant que le Dromadaire et Latricia Hooks se battaient à coups de POING.

Mais ce n'est pas ça qui m'intéressait. Je cherchais un fort qui paraisse VULNÉRABLE, et j'en ai TROUVÉ un. Les gosses de la maison partagée avaient construit une belle forteresse mais, comme d'habitude, ils avaient visiblement du mal à s'entendre.

Je me suis dit qu'ils allaient se FATIGUER à force de se battre, et que Robert et moi, on en profiterait pour ATTAQUER. On s'est donc postés dans un coin pour attendre le bon moment.

C'est alors que j'ai remarqué un fort avec personne DEDANS. Il était isolé sur un gros tas de neige. Je me suis rappelé que papa avait parlé de construire en HAUTEUR, et ce fort était situé à l'endroit IDÉAL.

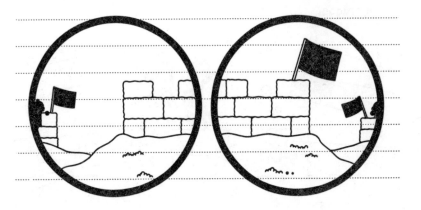

Je ne comprenais pas pourquoi quelqu'un construirait un fort pour l'ABANDONNER, mais c'était une chance à saisir. On s'est donc glissés par-derrière et on a escaladé le mur du fond.

En fait, il n'était PAS vide. Il appartenait à BÉBÉ GIBSON, qui se trouvait à l'intérieur avec un tas énorme de boules de neige.

À la seconde où on a mis le pied dans le fort, on a subi une attaque.

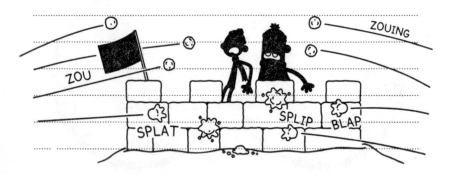

Les gosses scolarisés à domicile devaient eux aussi être au courant de l'avantage d'être en HAUTEUR, et ils voulaient prendre le fort pour EUX. Mais on a repoussé leur assaut, et même Bébé Gibson a participé.

Puis l'ennemi est arrivé de tous les côtés, et c'est devenu de plus en plus difficile de défendre la forteresse.

Les gosses de la maison partagée se sont alors séparés en deux groupes. Ils sont arrivés par la gauche ET par la droite pendant qu'Ernesto et Gabriel nous canardaient à coups de lance-boules depuis LEUR fort.

Et alors qu'on essayait de gérer tout ça, un petit
du jardin d'enfants de Mme Jimenez a surgi par un
tunnel au milieu de notre forteresse et nous a pris
COMPLÈTEMENT au dépourvu.

Instantanément, notre fort a été infesté de marmots.
Et pour couronner le tout, les sœurs Marli ont lancé
une attaque furtive par l'arrière, carrément terrifiante
dans le sens où ces filles visent les YEUX.

Robert et moi avons été boutés hors du fort, et on s'est retrouvés à découvert en plein CARNAGE. C'était la mêlée générale, et tous semblaient avoir pété un câble.

Alors il s'est produit quelque chose qui a FIGÉ tout le monde. Joe O'Rourke s'est pris une boule glacée sur la bouche et il a perdu deux DENTS.

Dans notre rue, les boules glacées sont prohibées dans les batailles de boules de neige. Et quand quelqu'un franchit la limite, chacun sait que les choses sont allées trop loin.

Des représentants de tous les clans se sont rencontrés au centre du terrain vague pour établir les RÈGLES.

Tout le monde est convenu que les boules glacées étaient interdites, et la neige jaune aussi. On a mis au point quelques AUTRES règles, du genre interdiction de bourrer de neige le bonnet de quelqu'un avant de le lui remettre sur la tête.

Une fois qu'on a été tous d'accord, on était prêts à reprendre le combat.

Mais pendant qu'on PARLEMENTAIT, on n'a pas remarqué ce qui se tramait dans notre DOS.

Les types du bas de la rue Surrey avaient remonté la côte en douce avec leurs luges, et il était trop tard pour les ARRÊTER.

S'il y a bien une chose qui peut nous rassembler, nous, les jeunes de la côte, c'est quand ceux d'en bas essayent de nous prendre ce qui nous APPARTIENT. On n'a pas grand-chose, mais cette CÔTE est à nous, et pas question de la laisser.

Tant que le chasse-neige resterait coincé, ces types continueraient de VENIR.

On a donc décidé d'AGIR.

La seule façon d'empêcher ceux du bas de la rue Surrey de monter était de bâtir un mur qui leur bloquerait le passage. Et il ne s'agissait pas de dresser un petit mur minable facile à défoncer. On avait besoin d'un rempart SOLIDE.

Et il fallait faire VITE, parce que ces types remontaient déjà la côte avec leurs luges. Alors on a pris les poubelles de tri des maisons voisines et on a commencé à construire.

CHPLOP

On a fait une DOUBLE muraille, comme ça, si quelqu'un arrivait à enfoncer la première, il tomberait sur une DEUXIÈME. Et on a empilé des TONNES de boules de neige.

Comme on ne pourrait pas faire bouillir de l'huile, j'ai envoyé Robert chez lui pour qu'il rapporte des Thermos de chocolat chaud.

Les gosses scolarisés à domicile ont récupéré des plaques de glace et en ont piqué des bouts dans le mur tandis que ceux de la maison partagée ont bricolé des bonshommes de neige pour faire croire qu'on était plus NOMBREUX.

Lorsque les types du bas de la rue sont REVENUS, on les ATTENDAIT.

Quand ils ont vu notre MURAILLE, ils n'ont pas su quoi FAIRE.

Ils se sont APPROCHÉS et on leur a tiré dessus avec tout ce qu'on avait sous la main.

On ne leur a pas laissé une CHANCE. Ils ont dévalé la côte sans demander leur reste, et on a fêté notre victoire.

Mais on s'est réjouis trop VITE. Dix minutes plus tard, les jeunes du bas de la rue étaient de RETOUR.

Et, cette fois, ils étaient armés jusqu'aux DENTS.

UNE DEUX UNE DEUX UNE DEUX

La plupart portaient des équipements de sport pour se protéger de nos boules de neige. Et j'ai compris que la bataille allait être rude quand l'un d'eux nous a balancé une CROSSE DE HOCKEY.

CHTLOK

Mais c'était quand même NOUS qui avions le mur, et on était en hauteur.

Alors on a lâché une nouvelle salve de boules de neige.

On a pu les retenir un moment, mais ces types avaient plus d'un tour dans leur sac. Ils nous ont bombardés de Spécialités Coulantes, ce qui nous a pris TOTALEMENT par surprise.

Si les gars du bas de la rue avaient des Spécialités Coulantes, ça voulait dire que Mitchell Pickett jouait sur les deux FRONTS.

Mais on s'occuperait de lui PLUS TARD, parce que là, on avait un NOUVEAU problème.

En réalité, les Spécialités Coulantes n'étaient destinées qu'à détourner notre attention de leur nouvelle troupe d'assaut, qui se PRÉCIPITAIT sur nous.

On a eu beau canarder ces types avec des boules de neige, ils ont planté leurs échelles au pied du mur et, avant qu'on ait le temps de dire ouf, ils commençaient déjà à GRIMPER.

C'est le moment où Robert est revenu avec les Thermos.

On les a vidés sur les assaillants. Malheureusement, Robert avait oublié d'ajouter de l'EAU chaude à la poudre chocolatée, alors ça les a juste un tout petit peu EMBÊTÉS.

J'ai bien cru que ces types allaient s'emparer du mur, quand Latricia Hooks et le Dromadaire nous ont sauvé la mise en leur vidant dessus des poubelles pleines de neige fondue.

Mais on n'a pas eu le temps de se réjouir parce que l'ennemi lançait déjà l'attaque suivante.

La moitié de l'équipe de foot américain de CM2 vit en bas de la côte, et ils ont essayé de défoncer le mur rien qu'en FONÇANT dessus.

Mais le rempart a tenu BON, et ces types ont fini par s'épuiser.

À ce moment-là, TOUT LE MONDE était crevé. Le soleil s'était levé, et il commençait à faire CHAUD. J'ai vraiment regretté d'avoir mis mon maillot thermique car je CUISAIS sous toutes ces couches de fringues.

Les gamins du bas de la rue ne cessaient de nous attaquer et on continuait à les REPOUSSER. Au bout d'un moment, plus PERSONNE n'avait l'énergie de se battre.

Enfin, nos adversaires ont fait demi-tour pour rentrer chez eux. On a d'abord cru qu'on les avait VAINCUS. Mais ces types ne renonçaient pas encore. Ils REPRENAIENT juste des forces.

C'était maintenant l'heure du déjeuner, et ceux du bas de la rue sont vite ressortis avec des sandwichs et des sucreries.

Et quand l'un d'eux a apporté une glacière remplie de JUS DE FRUITS, ça a été un peu dur à regarder.

On avait tous soif sur le mur, et il faisait de plus en plus CHAUD.

Certains ont sucé des boules de neige pour se réhydrater, et ils ont englouti la moitié de notre stock avant que les autres s'en aperçoivent.

On a dressé l'inventaire de ce qui restait, et on s'est rendu compte qu'on n'avait pas assez de munitions pour repousser un assaut massif. Alors on a divisé les boules de neige restantes en trois et on a chargé Anthony Denard de veiller dessus.

Puis on a attendu l'attaque des jeunes du bas de la rue Surrey, mais ça n'est jamais venu.

On a fini par comprendre que leur stratégie était d'attendre qu'on CRAQUE, puis de prendre notre mur sans combattre.

Pervis Gentry a été le premier de notre camp à céder. Il n'avait pas pris de PETIT DÉJEUNER ce matin, et la vue de toutes ces croûtes de pain de mie jetées par terre l'a rendu FOU.

Il est passé par-dessus la muraille et a couru vers le camp ennemi. C'est la dernière fois qu'on l'a vu.

Le reste de notre camp est resté uni. Trois HEURES se sont écoulées, et les types du bas de la rue ne BOUGEAIENT toujours pas.

En fait, ils avaient même l'air d'installer leur camp pour la NUIT.

Certains avaient sorti des rallonges de chez eux, et maintenant, ils avaient l'ÉLECTRICITÉ. De là où ON était, on voyait même la lueur de leurs écrans de télé.

Le moral des troupes déclinait sur le mur. Les plus jeunes fatiguaient, ils avaient faim et voulaient rentrer chez eux. Je ne pouvais pas le leur reprocher vu qu'il était l'heure du DÎNER.

Jacob Hoff a dit qu'il devait avoir un cours de clarinette à six heures, et que ses parents seraient furieux s'il le manquait. C'était le genre de chose qu'on pouvait tous comprendre.

Il n'habitait que quelques numéros plus bas, et on lui a assuré que s'il courait, on le COUVRIRAIT. Il a promis de revenir dès la fin de son cours avec les poches remplies de barres de céréales et de fruits secs.

On était tous impatients et on a aidé Jacob à passer par-dessus le mur. Comme prévu, dès qu'il s'est retrouvé de l'autre côté, les types du bas de la rue ont ouvert le feu. Mais on a RÉPLIQUÉ, et Jacob a pu arriver à sa porte sans encombre.

En fait, on s'est battus pour rien. Le coup du cours de clarinette n'était qu'une excuse pour rentrer chez lui, et quand on a vu Jacob à la fenêtre de sa chambre, on a compris qu'il ne reviendrait jamais avec des trucs à MANGER.

Ensuite, ça a été la DÉPRIME derrière le mur.
Certains des petits pleuraient, et je ne voyais pas
comment on pourrait tenir plus longtemps.

L'ennemi a dû comprendre qu'on était aux abois parce que
c'est le moment que les types ont choisi pour nous
envoyer des avions en papier avec des MESSAGES
écrits dessus.

RENDEZ-VOUS
ET IL NE VOUS SERA
FAIT AUCUN MAL.

C'en a été trop pour certains. Bébé Gibson lui-même a eu l'air ébranlé, donc on peut en déduire qu'il sait LIRE.

Quelques minutes plus tard, un type s'est glissé entre deux maisons, à droite de notre fort, et s'est précipité vers nous. On s'apprêtait à le bombarder de boules de neige.

Mais quelqu'un l'a RECONNU, et on a suspendu le tir. Il s'agissait de TREVOR NIX, qui habitait dans la côte, avant.

Trevor était essoufflé, et il avait du mal à parler. Alors en l'a hissé par-dessus le mur et on a attendu qu'il se calme.

Une fois ressaisi, Trevor nous a raconté ce qui se passait. Les types du bas de la rue l'avaient retenu PRISONNIER, et il avait réussi à S'ÉCHAPPER.

Il nous a annoncé qu'ils projetaient un très SALE coup et qu'il voulait nous avertir avant qu'il ne soit trop TARD.

D'après lui, l'ennemi fabriquait un stock de boules de neige MONSTRUEUX et prévoyait de lancer une attaque de grande envergure à la tombée de la nuit. Et ce n'était pas le PIRE.

Ceux d'en bas confectionnaient leurs boules dans le jardin des GUZMAN, et c'est là qu'il y a tous les chiens. Il fallait en déduire qu'ils prenaient de la NEIGE JAUNE, voire PIRE.

Ce plan nous a tous dégoûtés, mais on était heureux que Trevor nous ait prévenus. On lui a assuré qu'à partir de maintenant, il pourrait faire AUTANT de luge qu'il voudrait dans la côte.

On est tombés d'accord qu'on ne pouvait pas juste attendre, et on a élaboré un PLAN. La moitié d'entre nous descendrait en douce et lancerait une attaque SURPRISE sur les types qui fabriquaient les boules dans le jardin des Guzman. L'AUTRE moitié resterait pour défendre le fort. On a tracé notre plan dans la neige avec un bâton pour s'assurer qu'on était bien tous sur la même longueur d'ondes.

TROUPE
D'ASSAUT

MUR

JARDIN DES
GUZMAN

Robert et moi, on voulait AGIR et on a choisi de
participer à l'attaque surprise. Notre détachement a
chargé les boules de neige qui nous restaient sur des
luges, et on s'est glissés en bas du mur puis entre des
maisons.

Il faisait de plus en plus sombre, et l'ennemi ne risquait pas de nous voir arriver.

Quand on a atteint le jardin des Guzman, on s'est arrêtés pour jeter un coup d'œil. Il y avait effectivement tout un groupe qui fabriquaient des boules derrière un muret de pierre.

Bébé Gibson a donné le signal, et on a lancé l'attaque.

Mais les types derrière le muret n'ont même pas FRÉMI en recevant les premières boules. C'est là qu'on a compris qu'on s'était fait berner.

Les types du bas de la rue avaient monté un PIÈGE pour nous séparer, et on s'était donc fait doubler par TREVOR NIX. On est retournés au mur dare-dare, mais il était déjà trop tard.

Le mur était en RUINE et on était à court de
munitions. La situation se présentait très mal pour ceux
de la côte, mais alors, il s'est passé un truc qui nous a
redonné ESPOIR.

Un groupe de jeunes remontait la rue dans notre direction
et, quand ils se sont rapprochés, j'ai vu que c'étaient les
PATROUILLES DE SÉCURITÉ. Pendant une fraction
de seconde, j'ai cru qu'elles étaient là pour nous SAUVER.

Mais elles n'étaient venues sauver PERSONNE. Elles
voulaient se VENGER.

D'habitude, les Patrouilles de sécurité n'ont pas le
droit de lancer de boules de neige, mais là, on était
DIMANCHE. Elles étaient donc libres de faire ce
qu'elles VOULAIENT.

La moitié des filles des Patrouilles de sécurité jouent dans l'équipe de BASE-BALL féminine, et ceux qui disent que les filles ne lancent pas fort ne savent pas de quoi ils PARLENT.

Tout à coup, ça a été les gosses de la rue Surrey contre les Patrouilles de sécurité, et on les dépassait en nombre à deux contre un. Mais alors, la moitié des filles de notre rue ont changé de BORD, et c'est devenu un vrai casse-tête.

Au milieu de tout ça, une AUTRE armée a débarqué par le HAUT de la côte. C'étaient les jeunes de la RUE WHIRLEY, qui avaient dû se faire virer du golf et venaient faire de la luge chez nous. Et une fois qu'ILS sont entrés dans la bataille, ça a été chacun pour soi.

Alors que la situation ne pouvait pas être PIRE, un son terrifiant a retenti, et tout le monde s'est figé pour déterminer ce que c'était. Les seuls de la rue à savoir EXACTEMENT d'où ça venait étaient Robert et moi.

Les Mingo ont commencé à sortir des bois, avec l'air de se réveiller d'une SIESTE de trois mois.

Le dernier Mingo à émerger a été MAURICE. Il brandissait quelque chose au bout d'un BÂTON, et je n'ai pas tout de suite compris ce que c'était. Mais quand il s'est RAPPROCHÉ, j'ai vu qu'il s'agissait de M. DÉLICE.

Maurice n'avait pas sa CEINTURE, et j'ai trouvé ça étrange. Mais ça m'a rappelé quelque chose. J'ai fouillé dans la poche de mon anorak et j'en ai tiré un truc froid en métal.

Quand on s'est retrouvés dans le camp des Mingo,
Robert et moi, j'avais dû mettre la boucle dans ma
poche sans même m'en RENDRE COMPTE. Et
maintenant, je paniquais, parce que Maurice Mingo en
avait sûrement après MOI.

Même si les gosses du coin se détestent les uns les
AUTRES, ils détestent encore plus les MINGO.
Alors quand les Mingo ont chargé, tout le monde s'est
retourné pour les AFFRONTER.

Enfin, tout le monde sauf MOI. Là, j'avais eu ma
DOSE.

Quand ils sont arrivés, j'ai cherché une CACHETTE.

Il y avait un grand trou dans une partie effondrée du mur, et j'ai plongé à l'intérieur. Robert me suivait de près. La bataille faisait rage autour de nous, et je ne voyais pas comment on allait pouvoir s'en SORTIR.

Robert nous voyait lui aussi mal partis. Il m'a dit qu'au cas où je survivrais et PAS lui, il me léguait tous ses jeux vidéo.

J'ai tâté mes poches pour voir si je n'avais pas un stylo pour qu'il puisse mettre ça par ÉCRIT, mais je n'ai trouvé que cette stupide boucle de ceinture.

Ce n'était pas grave parce que, cinq secondes plus tard, le sol s'est mis à vibrer, et on aurait dit un TREMBLEMENT DE TERRE.

J'ai cru qu'on allait être enterrés VIVANTS, et tout ce qui m'est venu à l'idée, c'est qu'on finirait tous les deux dans un musée quand on nous aurait exhumés, dans deux mille ans.

Mais le sol s'est arrêté de trembler et, au bout de quelques secondes, on a sorti la tête du trou pour voir ce qui se passait.

Le chasse-neige avait remonté les trois quarts de la rue et fauchait tout sur son passage. Je ne sais pas si le conducteur ne VOYAIT pas les gosses sur la chaussée, ou s'il s'en FICHAIT.

Partout, la neige commençait à fondre et se transformait en BOUILLASSE. Et quand le chasse-neige a quitté notre rue, un grand calme s'est installé.

Les seuls sons perceptibles venaient de ceux qui n'avaient pas eu de chance.

Le plus dingue, c'est que maintenant que la rue était déblayée, il ne restait plus de munitions pour se BATTRE et chacun est rentré CHEZ SOI.

Et la vérité, c'est que je ne me rappelais plus vraiment pourquoi on se battait au DÉPART.

<u>Vendredi</u>

Les cours ont repris depuis une semaine, et le temps s'est NETTEMENT réchauffé ces derniers jours. Je ne voudrais pas nous porter la poisse ni rien, mais je crois qu'on en a fini avec le froid.

Je ne m'inquiète plus vraiment pour le COCHON. Il est probablement en Floride, ou dans un endroit du même genre, à profiter de la vie.

Il reste encore un peu de neige dans la rue, et Mitchell Picket profite de la motoneige qu'il s'est achetée avec tout le fric qu'il a gagné cet hiver.

Alors tous ceux qui prétendent que la guerre ne paye pas devraient réfléchir un peu.

Et Mitchell n'est pas le seul à avoir tiré son épingle du jeu. Tous les jours après les cours, Trevor Nix joue au hockey avec ceux du bas de la rue Surrey. Faut croire que ça rapporte d'être un TRAÎTRE.

Mais je ne vais pas me plaindre. Je m'estime heureux d'avoir passé l'hiver sans me faire TUER.

Ce que j'ai appris sur moi-même, c'est que je n'ai rien d'un HÉROS. Croyez-moi, je suis ravi qu'il existe des mecs de ce genre, mais je pense que le monde a aussi besoin de types comme MOI.

Parce que si les êtres humains sont encore là dans 500 millions d'années, ce sera grâce aux Greg Heffley de ce monde qui auront imaginé un moyen de SURVIVRE.

Remerciements

Merci à toute l'équipe d'Abrams, en particulier Charlie Kochman, qui sait améliorer chaque livre. Un grand merci à Michael Jacobs, Andrew Smith, Chad W. Beckerman, Liz Fithian, Hallie Patterson, Steve Tager, Melanie Chang, Mary O'Mara, Alison Gervais, et Elisa Garcia. Merci aussi à Susan Van Metre et Steve Roman.

Merci à toute l'équipe du Dégonflé : Shaelyn Germain, Anna Cesary et Vanessa Jedrej. Merci à Deb Sundin et à l'équipe d'An Unlikely Story.

Merci à Rich Carr et Andrea Lucey pour votre soutien et votre amitié. Merci à Paul Sennott pour ton aide. Merci à Sylvie Rabineau et Keith Fleer pour tout ce que vous faites pour moi.

Merci à Jess Brallier d'avoir été mon guide et de m'avoir lancé dans ma carrière d'auteur.

À propos de l'auteur

Jeff Kinney fait partie des auteurs numéro 1 sur la liste des best sellers du *New York Times* et a remporté pour la sixième fois le prix des jeunes lecteurs de la chaîne Nickelodeon. Jeff a figuré sur la liste des 100 personnes les plus Influentes du Monde établie par *Times magazine*. Il est également le créateur de Poptropica, qui figure sur la liste des 50 meilleurs sites web référencés par *Time Magazine*. Il a passé son enfance dans la région de Washington avant de s'installer, en 1995, en Nouvelle-Angleterre. Jeff vit avec sa femme et leurs deux fils dans le Massachusetts, où ils possèdent une librairie, *An Unlikely Story*.